뱀람주의보

범람주의보

설재인 장편소설

㈜자음과모음

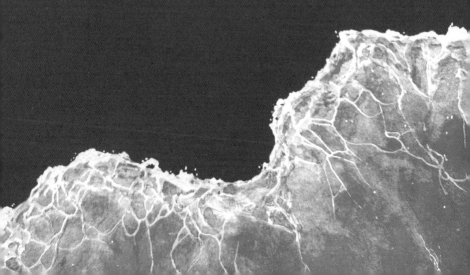

나는 창문 하나 없는 학원에 앉아 있어도 밖에 비가 얼마나 오는지 바로 알 수 있었다. 비가 거세지면, 할아버지를 찾으러 가라는 명령이 내게 떨어졌기 때문이다. 진동 때문에 손목이 간지러워지면 속으로 중얼거렸다. 비가 많이 오는구나, 하고. 그러면 내 몸집만 한 가방을 거꾸로 들고 털었다. 가장 아래에 지저분한 우산이 깔려 있었다. 우산을 본 아이들은 일제히 놀란 소리를 냈다. 생전 처음 보는 애들도 적지 않았다. 우리 동네 어느 집에 이런 골동품이 남아 있을까.

초등학교에 입학하던 날 엄마가 내게 우산을 넘겼다. '이제 할아버지는 네가 챙겨라'라는 뜻이었다. 하긴 엄마는 할아버지의 얼굴은커녕 옷자락조차 보고 싶어 하지 않았으니, 내가 언제쯤 다 커서 할아버지를 엄마 대신 챙기나 목이 빠져라 기다린 게 분명했다.

수업이 끝난 후 가장 먼저 가방을 챙겨 빠져나왔다. 학원 건물 출입구를 나서며 손목에 장착된 누비스를 두 번 톡톡 두드리자 익숙한 목소리와 짧은 신호음이 함께 울렸다.

프레셔스 누비스! 워터프루프 시스템이 가동됩니다.

등 뒤에서 내 것과 같은 소리가 메아리처럼 울려 퍼졌다. 서로 웃고 떠드는 소리도 함께였다. 그게 싫다. 누구든 뒤에서 웃으면 왠지 꼭 나를 비웃는 것처럼 들리니까. 비가 억수같이 쏟아지고 있었다. 할아버지는 다리 밑에 있을 것이었다. 늦으면 안 됐다. 얼른 할아버지를 집에 안전히 데려다 준 후 일광욕을 하러 가야 했다. 일광욕은 어마어마하게 비싸다. 빼먹으면 야단난다.

01

나는 할아버지를 다섯 살 때 처음 보았다. 그게 내 인생 첫 기억이다.

부모님과 나는 자율주행차에 앉아 있었다. 와이퍼가 세차게 돌아갔다. 새 차 냄새가 역해서 손목을 두드려 프래그런스 모드를 틀었다. 손목을 두드리는 건 아주 어렸을 때부터 익숙해진 행동이었다. 누비스라는 세 글자 단어는 엄마, 아빠, 맘마라는 말만큼이나 빨리 익혔다.

"할아버지 보면 뭐라고 하라고 엄마가 그랬지?"

"집으로 들어가라고."

"그 다음엔 또 무슨 말을 해야 하지?"

"냄새나는 할아버지는 싫다고."

"옳지. 오늘 무슨 노래 부를 거지?"

"마이 그랜파더스 클락."

"그렇지. 그러고 나서 마지막 멘트는?"

"아이 올웨이즈 원티드 마이 그랜파 투 컴 홈!"

"발음 더 굴려야지. 유치원 샘이 그렇게 말했니?"

주차가 끝난 후 엄마는 내 손을 붙잡고 계단을 올랐다. 긴 생선이 불판 위에 올라가 있던 장면이 기억나니 아마도 장어구이집 따위가 아니었을까. 그날 엄마는 펑펑 울고 소리를 지르면서 나를 들쳐 메고 도망치듯 음식점을 나왔다. 아빠가 뒤를 따랐다. 거기서 기억은 끊긴다.

*

엄마는 할아버지가 이상한 사람이라고 했다. 그럴 때마다 아빠는 옆에서, 그저 당신 신념이 조금 많이 강하실 뿐 장인어른은 좋으신 분이야, 하고 말한다. 그렇지만 우습다. 나는 아빠가 할아버지를 탐탁지 않아 한다는 사실을 아주 옛날부터 확실히 눈치채고 있었으니까. 아빠는 원래 혼자서 착하고 고고한 척을 다하는 사람이지만 나는 아빠가 종종 쓰곤 하는 가면 같은 걸 아주 잘 파악한다. 피를 물려받은 딸이라 그런지.

그러니까 사정은 이렇다. 할아버지는 할머니가 돌아가신 후 갑자기 멀쩡한 집, 그러니까 서울 땅의 버젓한 사십 몇 평짜리 아파트를 비웠다. 팔지도 않고 누구에게 세를 주지도 않았다. 그러고는 바로 저지대의 쪽방촌으로 거처를 옮겼다.

엄마에겐 오래 편찮으셨던 할머니를 잃은 것보다 할아버지의 기행이 더 충격적이었던 것 같다. 처음엔 아내를 잃은 상심이 이유라고 생각했단다. 마음이 많이 힘들어서 그랬겠지만, 몇 달만 지나면 돌아오려니 했다고. 그러나 아니었다. 할아버지는 돌아오지 않더니 급기야 아예 아파트를 팔아 버렸다. 엄마는 펄펄 뛰었다. 너무 창피해서 견딜 수가 없다고, 그 거지 소굴에서 당장 기어나오지 않으면 손주 낳아도 얼굴 한 번 보여 주지 않을 거라고 윽박질렀다. 그래도 할아버지는 나오지 않았다. 대단한 고집이었다. 할아버지는 내가 다섯 살이 될 때까지 나를 보지 못했다.

할아버지를 본 것은 내가 백 번쯤 졸랐을 때였다. 그렇게 조른 이유는 잘 기억이 안 난다. 어쩌면, 한 번도 본 적이 없는데 집에서는 자주 이야기가 나오니 궁금하지 않을 도리가 없었나 보다. 결국 5년 만에 엄마는 나를 보여 주기로 했다. 할아버지가 목욕탕에 가서 세신까지 받은 후 이발과 면도를 단정하게 하고 오는 조건이었다. 그게 그 장어구이집에서의 식사 자리였다.

할아버지가 얼마나 많이 내 뒤통수를 쓰다듬었는지 아주 두개골이 닳아 버리는 줄 알았다. 그러나 그 자리에서 할아버지와 엄마는 대판 싸움을 했다. 내가 이해할 수 없는 말들만 테이블 위를 오갔다. 그리고 할아버지는 그날로 쪽방마저 뺐다. 다리 밑에 자리를 잡고 노숙인들과 함께 살았다.

　대체 저 인간은 왜 저러는 거냐고 엄마는 울면서 허공에 대고 소리를 질렀다. 남들 보기에 쪽팔려 죽겠다고, 아이에게 차라리 할아버지가 없는 것이 낫겠다고. 아빠는 발코니에 있었다. 엄마의 목소리가 듣기 싫을 때마다 아빠는 발코니로 나갔다. 휴대폰에 대고 뭔가를 중얼거리다가 가끔 고개를 젖히며 웃기도 했다.

*

　내가 태어나기도 한참 전에 찍힌 한강 공원의 사진은 내 방 책상 옆에 붙어 있다. 사진 속 사람들은 그늘막이나 텐트 앞에 앉아 음료수를 마시거나, 강아지와 함께 산책을 하거나, 배드민턴을 치고 있다. 한강 물은 반대편 뭍의 나무와 건물들을 반사하고, 다리는 사람들보다 한참 높은 곳에서 사람들을 내려다보고 있다. 왜 하필 '짜증나게' 그 사진을 붙여 놓느냐는 엄마의 질문에 나는 미리 생각해 둔 대답을 했다. 과학자가 되고 싶어서 그래. 햇빛 가득했던 옛날로 하늘을 돌릴 수 있을 거잖아. 한강도 돌아오고, 공원에도 갈 수 있게 만들 거야. 다른 나라에까지 내 기술을 수출할 거야. 그렇게 말하니 엄마는 아주 좋아했다. 엄마가 삶에서 원하는 모든 사항을 만족시킨 대답이었기 때문이다. 과학자가 된다는 소리는 엄마에겐 성적을 잘 받고 좋은 대학에 간다는 뜻으로 해석

되고, 기술을 수출하겠다는 건 돈을 왕창 번다는 뜻이다. 무엇보다도 비가 그치면, 한강이 옛날로 돌아가면, 한강 옆에 붙어 있는 리버뷰 아파트의 가격은 치솟을 것이고 그럼 엄마는 세상에서 최고로 행복한 사람이 될 테다. 그리고 가끔 엄마는 물었다. 과학 열심히 하면 우리 혜인이, 의대도 갈 수 있겠지?

물론 우기를 끝내고 햇빛이라는 걸 보고 싶은 마음은 거짓이 아니었지만, 과학자가 되고 싶다는 건 새빨간 구라였다. 한강 공원의 사진을 붙인 건 그저 내가 가장 좋아하는 옛날 영화에 한강 공원의 장면이 자주 나오기 때문이었다. 그 영화를 보고서는 영화감독이 되겠다는 꿈을 품게 되었다. 그냥 영화감독이 아니라 독립영화감독이 되고 싶었다. 관객이 몇 명이든 상관없이 하고 싶은 말을 하고 싶었다. 이 말을 엄마에게 한다면 그대로 죽음이다. 엄마가 아는 가장 나쁜 저주를 내게 퍼부을 게 분명하다.

엄마의 기준에서 제일 심한 저주는 네 할아버지를 꼭 닮아서, 인생도 네 할아버지처럼 지지부진 살다가 거지 꼴을 한 채 끝나리라는 내용이다. 엄마는 가끔 그런 말을 내게 퍼부을 때가 있다.

다리 근처로 가까이 가는 동안 누비스 사(社)의 모토인 '프레셔스 누비스'가 번쩍이는 전광판을 몇 개나 지나쳤다. 어차피 누비스를 사용하지 않는 사람은 거의 없는데 누굴 보라고 저렇게 광고를 많이 하는 건지 항상 놀랍기만 하다. 그 거대 기업의 서비스는 생활 전반에 너무나 많이 퍼져 있다. 일광욕 센터, 벌레 퇴치 서비스와 각종 급식 및 외식 업체, 그리고 뭐 이것저것 다……. 그 중 비를 맞지 않게 피부 위에 배리어를 씌워 주는 워터프루프 시스템이 가장 대표적인 사업이다. 우리 손목 혈관에 딱 붙어 있는 장치의 주된 기능. 그 장치도 회사의 이름을 따 '누비스'라 불린다. 누비스가 없으면 이 시대를 제대로 사는 게 거의 불가능하다고 보면 된다. 누비스가 있기 때문에 우리는 우산 없이 두 손을 자유롭게 쓸 수 있다.

다만 빗방울이 아니라 넘실거리며 차올라 피부에 닿는 고인 물까지 오래 막아주지는 못한다. 물에 들어간 지 30초 정도가 지나고 나면 배리어가 점차 무너지기 시작한다.

"할아버지!"

소리쳤지만 할아버지 대신 다른 할아버지들이 내 쪽으로 천천히 고개를 돌렸다. 낯이 익은 할아버지 반, 그렇지 않은 할아버지 반이었다. 나는 목청을 틔웠다.

"서창식 씨!"

역시나 묵묵부답이다. 에휴, 내 팔자야. 나는 발끝을 내려다보았다.

그래도 할아버지들이 있는 쪽까지 30초 안에 건너갈 수 있을 것 같았다. 유심히 보니 둑에 차오른 물의 수위도 무릎보다는 낮았다. 혹시 몰라서 일단 신발과 양말을 벗고, 체육복을 무릎까지 끌어올렸다. 발바닥에 진흙 알갱이가 까슬까슬하게 느껴졌다. 배리어 덕에 습기는 느껴지지 않으니 모래 알갱이라고 해야 더 맞는 말일까.

"내가 진짜 못 살아!"

나는 빠르게 흐르는 물 안에 발을 담갔다. 이상한 기분이었다. 수면은 빗방울 때문에 끓는 기름처럼 튀고 있고, 물은 내 종아리를 훑고 있는데 나는 아무것도 느끼지 못한다는 게. 나는 배리어가 무너지기 전 할아버지가 엉덩이를 붙이고 있는 곳에 다시 올라설 수 있었다. 이전에는 아마 수변 컨벤션 센터인지 예식장인지 뭔지로 썼다는 곳이다. 지금 와서는 그저 진흙이 여기저기 쌓인 노숙인 전용 구역에 가깝지만.

"어, 혜인이냐?"

못 산다, 진짜. 내가 소리 지르는 거 빤히 다 듣고 있었으면서 모르는 척하기는.

"할아버지, 이대로 두 시간만 더 내리면 여기도 침수래. 엄마가 얼른 집으로 오래. 그러니까 일어나. 나랑 가자."

"난 안 가."

"나 할아버지 안 데리고 가면 엄마한테 죽어. 원해? 할아버지, 원해? 엄마 성격 알잖아. 진짜로 원해?"

할아버지가 한숨을 쉬더니 손을 내밀었다. 잡아 일으켜 세워달라는 소리다. 나는 할아버지의 더러운 손을 잡고 흐압, 하며 온

힘을 다해 당겼다. 그러고는 엉거주춤 일어난 할아버지에게 우산을 내밀었다. 할아버지는 우산을 펼치고서는 녹슬고 일그러진 우산살을 유심히 바라보더니 나 다녀오겠소, 하고 주위의 할아버지들에게 인사를 했다.

절반은 인사를 받아 주었고 절반은 그러지 않았다. 여기서도 할아버지는 제법 따돌림을 당하고 있었다. 내 존재 때문이다. 할아버지가 어쩔 수 없이 다리 밑에 머무는 게 아니라는 사실, 번듯한 집에서 사는 가족이 있다는 사실이 나로 인해 알려졌기 때문이다. 할아버지의 기행이 기만으로 여겨질지도 모른다. 실은 나마저도 할아버지가 왜 저러는지 궁금할 때가 많으니, 뭐.

어떤 할아버지가 우리 길을 가로막았다. 얼핏 봐도 눅눅하기 그지없는 옷을 잔뜩 껴입었는데, 몇 겹의 옷으로도 가려지지 않는 손등과 목이 얼룩덜룩했다. 처음 보는 할아버지였다. 나는 몸을 움츠렸다. 그 할아버지와 살이 닿으면 피부병이 옮을 것 같았다. 우리 할아버지는 아주 잠깐 멈칫하더니, 우산을 들지 않은 손으로 내 손을 잡고서는 나를 할아버지 쪽으로 바짝 끌어당겼다. 그 할아버지가 의뭉스러운 눈으로 나와 할아버지를 번갈아 쳐다보았다. 아는 할아버지야? 어느 정도 거리가 멀어지고 난 후 내가 묻자 할아버지는 새로 들어온 친구야, 하고 말했다.

친구는 무슨 친구. 친구를 그런 식으로 노려보나. 친구 없는 건 나나 할아버지나 매한가지인데.

02

내가 태어나기 전에 돌아가신 할머니는 할아버지가 똑똑해 보여서 결혼했다고 엄마에게 자주 말했다고 한다.

"헛똑똑이인 줄 알았다면 절대 결혼 안 했을 거라고 했어, 네 할머니는."

할아버지와 할머니가 결혼한 후 얼마 되지 않아 엄마가 태어났고, 그로부터 10년 정도는 행복했다. 그러나 어느 순간부터 할아버지의 얼굴에서는 웃음이 사라졌다. 자고 일어나면 머리카락이 한 움큼씩 빠졌고, 심장이 지나치게 두근댄다거나 숨을 쉬지 못하겠다는 이유로 거실 한가운데 눈을 휘둥그레 뜬 채 우뚝 서서 가족을 두려움에 몰아넣는 일도 잦았다. 끝없는 비가 시작되면서 햇빛을 보지 못한 사람들의 반목이 가팔라지자 이상하게도 할아버지의 증상 역시 심해졌다.

"그때 다니던 직장이 막 떠오르던 기업이었거든. 할아버지가 거기 계속 다녔으면 지금쯤 우리 혜인이도 훨씬 좋은 아파트에서 살 수 있었을 텐데."

할아버지는 그곳이 악덕 기업이라는 말을 자주 했고, 언젠간 꼭 폭로할 거다, 가 입버릇이었다. 엄마는 그때마다 두려움에 떨었다. 폭로하면 할아버지는 직장을 잃을 테고, 그러면 어린 엄마의 인생은 자의와는 상관없이 무너져 내릴 테니까. 혹시 오늘은 아빠가 입을 열지 않을까? 혹시 오늘은 서창식이라는 세 글자가 뉴스에 나오지 않을까? 그 걱정에 휩싸여 어린 시절을 내내 불행하게 보냈다는 엄마는 그 뒤에야 평가하기 시작했다. 할아버지는 그럴 용기가 애당초 없는 사람이라고.

할아버지는 결국 엄마가 내 나이일 때 그 잘나가던 회사를 혼자 조용히 그만두었다. 그러고는 집에 틀어박혔다. 엄마는 양육비가 가장 절실히 필요한 시기에 할아버지가 가장으로서의 의무를 저버렸다는 사실을 평생 용서할 수 없었다. 엄마는 "아빠가 너무 미우니 아빠가 하는 것과는 무조건 반대로만 살 거야"라고 말하며 엄마는 할아버지가 손에서 놓친 모든 것, 그러니까 지위와 명예, 돈과 부동산 따위에 완전히 매료된 어른으로 컸다. 엄마는 결혼식에조차 할아버지의 손을 잡고 입장하지 않았다.

＊

"오늘 학교에서는 뭘 배웠냐?"

할아버지는 우산을 자꾸만 내 쪽으로 씌우려 했다. 할아버지, 나 누비스 있다고! 나는 비 안 맞는다고! 빛이 나는 손목을 두드리며 소리를 쳐도 그래 그러냐, 하고 우산을 물렸다가는 30초도 되지 않아 다시 슬그머니 내 위로 그림자를 드리웠다. 할아버지는 누비스를 사용하지 않았다. 거부하는 정도가 아니라, 아예 세상에 그런 건 존재조차 하지 않는다고 철석같이 믿고 있는 것 같았다.

누비스가 있어야 할 할아버지의 손목에는 긴 흉터가 있다. 그걸 나는 언제나 모르는 척한다. 엄마도 그 흉터에 대해 내게 무언가 귀띔한 적은 없다.

"뭐 맨날 똑같지. 수업하고 매점 가고, 또 수업하고 매점 가고. 밥 먹었다가 매점 가고, 또 수업하고 매점 가고. 그러고 학교 끝나면 학원."

할아버지와 엄마 세대의 사람들은 다음 세대의 학교 교육이 어떻게 될지 이런저런 상상을 했을 텐데 다 틀렸다. 학교는 별다르게 변한 것이 없다. 그냥 교실에 앉아서 수업 듣고, 졸다가 매점 가서 군것질 거리를 사 먹는 게 전부다. 이유는 간단하다. 비 때문에 땅이 좁아졌고 학교가 몇 군데 없다. 학생 수도 많이 줄긴 했는데 학교는 더 줄어들었다. 어른들은 여전히 베짱이처럼 일을 했고 집에 혼자 남은 아이가 원격 수업을 잘 들을 거라고는 믿지 않았다. 그래서 학교도, 수많은 학원도 살아남았다.

"나 학원 하나 더 다녀, 할아버지. 수리 논술."

"뭐 그렇게 많이 다니냐. 아직 중학생이면서. 학교만으로 안 되냐."

"엄마가 안 된대. 애들도 다 다니는걸, 뭐."

곧 아파트 공동현관에 도착했다. 할아버지는 우산을 접었고, 나는 손목을 다시 눌러 프래그런스 모드를 작동한 후 할아버지를 꼭 껴안았다.

"할아버지, 오늘 냄새 좀 심하다. 이대로 들어가면 엄마가 무지 싫어해."

할아버지는 냄새가 고약했다. 그 축축한 다리 밑에서 누비스도 없이 생활을 하니 당연했다.

얼른 할아버지를 집에 두고 일광욕 센터에 가러 다시 나왔다. 우기 이전의 햇빛과 동일한 빛을 일정 시간 동안 캡슐 안에서 쐴 수 있게 해 주는 일광욕 센터는 우리 동네 애들의 필수 코스이자, 내가 가장 고요하게 몽상에 잠길 수 있는 공간이었다.

*

그러니까, 엄마가 다섯 살쯤 되었을 때부터 날씨가 이상해지기 시작했다. 봄과 가을이 사라졌다. 여름엔 비가 많이, 아주 많이 왔다. 편의점의 물건과 식당의 입간판과 차와 사람이 떠내려가는 일이 잦았다. 그것도 모자라 여름은 점점 세를 불려 짧은 겨울까지 집어삼키기 시작했다. 사계를 주제로 한 애국가는 남아 있었지만, 엄마가 난임 시술을 비롯한 각고의 노력 끝에 나를 임신했을 때쯤 사계는 사라지고 없었다. 남은 것은 비가 그치지 않는 하루하루뿐이었다.

멈추지 않는 비는 모두의 삶에 검푸른 곰팡이를 피웠다. 저지대의 주민들과 강우량에 민감한 업종에 종사하던 사람들은 그대로 주저앉았다. 빈민이 대거 생겼고 물이 범람해 땅은 그만큼 좁아졌다. "햇볕마저 없으니 마음까지 썩었단다"라고 엄마는 이야기했다. 그러나 나는 인공적으로 만들어 낸 게 아닌 자연적인 햇볕을 마주한 적은 없어서 그게 무슨 말인지 잘 알지 못했다.

누비스의 워터프루프 시스템은 혁명이었다. 다만 보편화된 지금에 이르러서도 서비스 구독료가 어떤 사람들에게는 만만치 않다. 폭우가 내릴 때 손목을 톡톡 친 후 웃으며 그대로 걸어 나가느냐, 아니면 커다란 가방 속을 한참 헤집어 간신히 우산을 꺼내 드느냐의 차이로 사람들은 서로를 쉽게 평가할 수 있었다. 그건 자동차의 엠블럼이나 상의 목 뒤의 라벨, 혹은 손톱이 정리된 모양새 같은 것으로 가늠하는 것보다 훨씬 쉽고 즉각적이다. 당연하지 않은가? 정말이지 매일같이 지겹도록 비가 오니 말이다.

프레셔스 누비스! 일광욕 일반 모드 가동합니다.

꾸준히 센터에 다녀 반질반질한 갈색 피부를 가진 아이들이 가득한 센터에서 내게 지정된 캡슐을 찾아 들어갔다. 오늘은 어떤 걸 상상할까, 생각하면서. 요샌 주로 친구를 사귀는 몽상을 한다. 물론 우리 반 애들처럼 예의도 없고 입이 걸고 툭하면 나를 비웃으려 드는 애들 말고, 진중하고, 사려 깊고, 남들과는 다른 아이와 친구가 되고 싶다.

그런 애가 내 눈앞에 나타날 리가 없지. 있어도, 나를 좋아할 리가 없지. 나는 눈을 감는다.

03

"아버님 얼굴이 좋아지셨네."

밥을 몇 술 뜨던 아빠가 엄마에게 말했다. 엄마는 샤브샤브가 담긴 냄비에서 배추를 건져내며 대꾸했다. 오빠, 아무리 장인어른이어도 말은 솔직하게 해야지. 좋아지긴 뭐가 좋아져? 난 이미 다른 노숙자들이랑 구별도 못 하겠어. 어디 길에서 만나면 아는 척도 못 하고 지나가게 생겼다고.

그러고는 할아버지에게로 고개를 돌렸다.

"아빠, 듣고 있어?"

"에이, 말로만 그러지 또. 여보가 아버님 얼마나 생각하는지 모르는 사람은 오해하겠어."

나는 할아버지를 바라보았다. 할아버지는 벌써 밥을 거의 다 먹었다. 언제나 국그릇보다 큰 대접에 모든 반찬을 다 쏟아 넣은 후 썩썩 비벼서 마시듯 입에 쏟아 넣는 게 할아버지의 식습관이었다. 마치 얼른 이 자리를 뜨고 싶어서 안달이 난 사람처럼.

"아빠, 그렇게 먹지 좀 말라고 했지. 더럽게 그게 뭐야? 애 보는데 좀 얌전하게 먹을 수 없어? 여기가 다리 밑인 줄 알아?"

엄마가 소리치자 아빠는 또 엄마를 보며 말했다. 에이, 여보. 장인어른 드시고 싶은 대로 드시게 좀 내버려 둬. 가족 앞에서까지 예의를 차려야 하면 얼마나 답답하시겠어. 자꾸 이러면 나중엔 오시라고 해도 안 오시겠다.

"아니, 오빠. 이거 내가 얼마나 힘들게 준비한 음식인데. 이 위에 올라간 게 다 얼마나 비싼 건지 알아? 그런데 그 국물을 다 질질 흘리고, 지저분하게 다 섞어 먹고, 비위 상하게 소리 내고."

"연세가 드셔서 그렇지. 우리 엄마도 저번에 흘리면서 드시더라, 뭐."

"어머님이랑 아빠랑 같아? 어머님이야 가끔 가다 한번 그러시는 거고."

할아버지는 벌써 오래전 숟가락을 내려놓고 손톱 거스러미를 뜯는 중이었다. 그리고 나는, 아빠가 할아버지에게 직접적으로 말을 건 적이 있는지 기억을 헤아렸다. 아빠는 항상 엄마의 앞에서 할아버지 편을 드는 척한다. 그러나 한 번도 할아버지를 똑바로 바라본 적이 없다는 걸 난 정확하게 알고 있다. 할아버지에게 바라는 것이나, 좋은 사위로 기억되기 위해 필수적으로 해야 하는 말들이나, 내가 어떻게 크고 있는지, 그런 것들을 아빠는 죄다 엄마에게 말한다. 할아버지가 바로 앞에 있어도 투명 인간인 것처럼. 눈에 보이지 않는 것처럼, 그 자리에 없는 것처럼.

"아빠. 할아버지한테 나 학교에서 상 받은 거 말 좀 해 줘. 일부러 아직까지 얘기 안 했는데."

내가 말하자 아빠는 씩 웃더니 입을 열었다. 눈은 할아버지가 아니라 나를 향한 채로.

"아무리 봐도 누구 닮았는지 모르겠다니까. 그치, 여보?"

콕 집어 할아버지에게 말하라고 이야기했는데 아빠는 또다시 그놈의 여보를 불러댄다. 그리고 그 여보는 넙죽 말을 받아 잇고.

"그러니까. 아빠, 오빠 딸 혜인이가 있잖아, 학교에서 무슨 문학제라나, 하여간 글 써서 내는 걸 했는데 거기서 1등을 해서 대상을 받아온 거 있지?"

'아빠 손녀' 혜인이라고 칭할 수도 있을 텐데 언제나 나는 엄마에게 '오빠 딸'이다.

"너무 신기하더라. 논설문 쓰는 것도 아니고 단편소설을 썼잖아. 아니, 우리 혜인이가 누구를 닮았지? 오빠, 솔직히 얘기해. 오빠 학교 다닐 때 문학소년이고 막 그랬어?"

아빠가 고개를 저으며 대답했다.

"아니, 여보. 혹시 장인어른이 그러셨던 거 아닐까? 한 번 여쭤 봐, 장인어른한테. 혹시 소설책 끼고 다니지 않으셨는지."

또 투명 인간 취급. 나는 할아버지를 바라보았다. 트고 갈라지고 소스의 흔적이 골고루 묻은 할아버지의 입술이 비틀렸다. 할아버지는 대답하지 않았다. 아빠의 말은 질문이 아니라 엄마에게 하는 지시였으며, 엄마는 아빠의 지시를 따르지 않았으니까.

*

그날 밤 꿈자리가 뒤숭숭했던 건 아무래도 배가 아픈 탓인 것 같았다. 위장이 약해 평소에도 자주 탈이 나곤 했기에 특별한 일은 아니었다. 뭐 잘못 먹었나 기억을 되짚어 볼 필요도 없었다. 어렸을 때는 엄마가 때마다 병원에 데려가고는 했는데 별다른 이상이 없는 단순한 배탈이라는 말만 주구장창 듣고는 어느 순간 화살을 내게로 돌렸다. 왜 그렇게 몸이 약해 빠졌느냐면서.

아니, 나도 억울하다. 사실 잦은 배탈은 나뿐만이 아니라 내 또래 아이들의 고질병이다. 그치지 않는 비 때문에 툭하면 전염병이 창궐하니 위생에 아무리 총력을 기울여도 여기저기서 구멍이 나기 마련이며, 태어나서부터 햇빛을 제대로 못 보고 뛰어놀지 못해서 몸이 약하다는 것도 누구나 다 아는 사실이다. 엄마는 그냥 탓을 하고 싶은 거다. 날씨는 엄마가 컨트롤할 수 있는 능력 밖의 일이기 때문에. 하늘을 향해 화살을 쏘아 봤자 맞힐 수 있을 리없으니까, 화살을 돌릴 곳을 찾지 못해서 결국 내 탓을 하고야 마는 것이다. 다른 데서는 웃으면서 말하겠지. 우리 애가 잔병치레가 좀 심해요. 맞아요, 에휴, 엄마만 고생이죠, 뭐.

어쨌든, 그날 화장실을 들락날락거린 덕에 나는 안방에서 흘러나오는 대화를 엿들을 수 있었다.

"……그러니까, 그걸 증명을 해야…….."

"증명을 어떻게…….."

"그럼 멀쩡한 돈이랑 집 놔두고 다리 밑에 가서 사는데, 그게 입소 기준이 아니면 뭐겠어, 여보."

"아니, 그거야 알지, 나도……. 입소 기준이 뭐였지?"

입소?

"한 마디로 표현하자면…….."

"노망, 맞아. 노망이야 예전부터 났지……. 그래, 아빠도 이제 많이 몸이 힘드시니까 보살펴 주는 사람 있는 곳 들어가서 편히 계시게 하는 게 효도일 거야."

"그래 여보, 그게 맞아. 이대로 뒀다가 잘못해서 정말 큰 비에 잘못되시기라도 해 봐."

"비도 비인데 오빠, 난 그 다리 밑 사람들이 더 무섭단 말이야……. 아빠는 대체 그 사람들을 어떻게 믿고 잠을 잘 수 있는 거지, 거기서? 그 사람들 출신이…….."

"하긴, 비보다 사람이 더 무섭지. 어쨌든 장인어른이 원하셔서 그런 거라고 우리가 백날 얘기해 봤자 믿는 사람이 있을 거 같아?

연로한 노인 버린 짐승들이라고 손가락질당해."

"어휴, 아빠도 저러는 거 진짜 이기적인 거야. 우리 생각은 안하고 자기 생각만."

잠시 침묵.

"……여보, 여보는 장인어른께 효도, 할 만큼 했어."

"맞아. 아, 진짜 서러워. 내가 무슨 잘못이야, 진짜……."

"일단 그렇게 하기로 하고, 우선 자자. 내일 출근해야지."

그러고는 또 침묵. 나는 매미처럼 방문에 착 달라붙어 귓바퀴를 대고서는 숨을 멈췄다. 그러나 더는 아무런 말도 흘러나오지 않았다.

입소라고? 어디에? 설마 진짜로 양로원에?

할아버지가 저대로 살도록 내버려 두면 곤란하다는 거야 나도 안다. 엄마가 학부모 회의에서 할아버지가 양로원에 계신다고 거짓말을 한다는 것도 안다. 담임 상담 전에 엄마가 몇 번이고 나한테까지 거짓말을 연습시켰으니 모를 수가 없다.

"할아버지는 어디 계신다고?"

"금꽃길양로원."

"어디 있다고?"

"저 멀리, 경상북도에."

"얼마나 자주 찾아뵙는다고?"

"한 달에 한 번씩 주말마다. 아니 근데 엄마, 이건 좀 아니야. 내가 주말 내내 학원 뺑뺑이 도는 거 우리 반 애들은 다 아는데? 다른 애들이 담임한테 나랑 같이 학원 다닌다고 말하면 거짓말 뽀록 나는 거 5초도 안 걸릴 텐데?"

"……그럼 너는 화상으로 맨날 인사드린다고 해."

"엄마, 근데 담임이 이런 것까지는 안 물어봐. 담임 나한테 별 관심 없어."

"혹시 모르니까 외워 두고 있으라고. 그리고 강이나 다리 얘기는 절대 하지 말고."

"아니, 담임 입에서 그 얘기 나올 일이 뭐가 있어 진짜……."

그러면 엄마는 소리치는 것이었다. 얘가 왜 이래, 환장하겠네! 하라면 해! 너 엄마 인생 망하게 하려고 작정했지, 그치?

엄마는 항상 그랬다. 일어나지도 않을 일을 상상하고, 대부분이 억지고 거짓인 대비책을 짜서 주입시키고, 그 계획을 흐트러지게 하는 모든 요소를 자신에 대한 악의로 받아들였다.

그런데 무얼 증명해야 한다는 걸까?

방으로 천천히 돌아오며, 엿들은 대화를 복기했다. 대화에서 나온 단어 중 아주 낯선 단어가 하나 있었다. 모르는 단어는 아니었다. 나는 그 정도로 바보는 아니다. 다만 실생활에서 누군가가 그 단어를 말하는 걸 들은 적이 전무할 뿐이다. 그런데 어떻게 그 단어를 알게 되었지? 책에서 봤나? 드라마에서? 아니면 사람들이 인터넷에 남기는 댓글들에서 보았나?

이럴 때 나는 답답했다. 내가 분명하게 스스로의 내부에 소유하고 있는 것의 출처를 알지 못할 때. 나는 나를 구성하는 모든 요소들, 아주 작은 알갱이들의 유래까지 몽땅 알고 싶었다. 어렸을 때부터 그랬다. "나는 어디서 왔어?" 같은 질문은 예사이고, 엄마가 무언가를 사 줄 때마다 "이건 어디서 왔어? 그리고 이건 왜 사 줬어?"라고 물을 때도 왕왕 있었다. 어떠한 개체가 내 인생에 끼어들어 내 마음에 참견을 하고 제 향을 덕지덕지 묻히다가 끝내 일부가 되어 버리곤 하는 현상의 원인이 마음에 들어야만 비로소 애정을 줄 의사가 생겨났다. 그러나 엄마는 그런 질문에 종종 이렇게 답하곤 했다.

"이 가방은 어디서 왔느냐 하면은, 아빠 월급에서 왔지. 아빠가 우리 혜인이 행복하라고 사 줬지."

그 대답은 유래가 아니었다. 그 말에 내가 새 가방을 특별하게 여겨야만 하는 까닭이 되는 역사는 한 줄도 존재하지 않았다. 그러고 한 달쯤 지나면 엄마는 내게 말하는 것이었다. 너는 사준 지 얼마나 됐다고 싫증이 나서 내팽개치니, 정말?

어쩌면 단어에 대해서도 똑같은 말을 할지 모른다. 그 단어는 국어 학원에서 배운 거지, 하면서.

'혜인이가 아는 그 단어는 아빠 월급에서 왔지. 아빠가 우리 혜인이 똑똑해지라고 사 준 단어지.'

하지만 그 대답 역시 내가 원하는 유래가 아닐 뿐더러, 마음을 짓누르는 그 낯선 단어는 심지어 아빠가 나에게 '똑똑해지라고' 사 줄 만한 것은 더더욱 아니었다.

나는 거실을 살금살금 가로질렀다. 손님방에서 할아버지가 요란하게 코 고는 소리가 들렸다. 다행이었다. 할아버지가 깨어 있지 않아서. 방으로 돌아와 배를 깔고 엎드렸다. 배에서는 계속 천둥 같은 소리가 났다. 나는 아랫배와 침대 사이에 두 손을 집어넣고 배를 꾹꾹 누르며 생각했다.

노망, 노망. 노망이란 단어가 내게 들어온 어느 역사에 대해서.

04

노망이란 단어를 나도 모르게 학습하게 된 역사를 파헤치기도 전에 황천길에 먼저 오를 뻔했다.

"그래도 장인어른이 계셔서 얼마나 다행인지 몰라. 그렇지, 여보?"

아빠는 여전히 할아버지가 지금 이 자리에 없는 사람인 것처럼 엄마에게 말했다.

"그니까. 아빠가 있어서 얼마나 좋은지 몰라, 나랑 오빠가. 내가 용돈 두둑이 드릴게. 뇌물이야, 뇌물. 손녀 잘 좀 챙겨 줘. 애 아픈 데 딴 데로 샐 거 아니지?"

엄마가 활짝 웃는 이유는 할아버지가 있어서 병원의 간병 시스템을 쓰지 않아도 되기 때문이었다. 병원에서는 상태가 중하든 경하든 무조건 환자 하나에 간병인 혹은 안드로이드를 하나 이상

두는 걸 환자의 의무로 여기는데, 사람이든 기계든 간에 똑같이 무지하게 비싸다. 할아버지 덕에 그 돈을 싹 굳힌 엄마는 얼굴이 퍽 밝아 보였다. 엄마는 할아버지를 창피해하지만 엄마와 함께 있지 않을 땐 신뢰하는 모양이었다.

처음에는 맹장이 터진 줄 알았는데 그건 아니었다. 요새 아이들에게 자주 보이는 바이러스성 뭐라더라. 할 수 있는 일은 그저 일주일 내내 금식하면서 속을 비우는 것밖에 없다고 했다. 물도 마실 수 없었다. 창밖의 하늘에서는 물이 하염없이 쏟아져 내리고 있는데 목은 바싹바싹 말랐다.

할아버지가 옆에서 몸을 몇 번 기우뚱거리며 흔들었다. 그러더니 내 침대 위로 상체를 약간 기울이고 물었다.

"내가 드디어 쓸모가 생겨서 늬 엄마랑 아빠가 좋아한다, 그렇지 않니?"

에이 할아버지, 아니야, 하고 말하고 싶었는데 여전히 입만 열면 배가 쿡쿡 쑤시고 신음 소리만 나왔다.

"세상이 다 그렇지. 쓸모 있는 것들만 환영하고. 할아버지 같은 사람은 없는 셈 치는 게 가장 편하지."

그러더니 할아버지는 쓴웃음을 짓는 것이었다.

아니, 그런 게 아니라고, 엄마도 할아버지한테 그런 마음 가지고 말을 함부로 한 건 아닐 거라고. 물론 맞을 테지만. 어쨌든 해명을 해야 하는데…… 배가 너무 아파서 이를 악물고 입술만 꾹 내리눌렀다.

그 순간 옆 침대에서 누군가의 목소리가 훌쩍 건너왔다.

"하이고, 애는 힘들어서 죽겠다고 끙끙 앓는데 할아버지가 참 말도 많지."

그 목소리가 이어서 말했다.

"우리 같은 것들은 얌전히 입 닥치고 있어야 어디서 밥 한 술이라도 얻어먹습니다, 이 양반아. 딱 보니까……."

그러고는 잠시 뜸을 들였다가 뱉었다.

"가만 보니까 혼자만 저기, 저걸 들고 온 게, 누가 봐도 짐만 되는 늙은이 같은데."

누가 자꾸 우리 할아버지한테 시비를 거는 거야? 나는 간신히 고개를 돌려 목소리가 날아오는 쪽으로 시선을 틀었다. 머리카락이 새하얀 할머니였다. 할머니가 나를 쓱 보더니 턱짓으로 무언가를 가리켰다. 할머니가 가리킨 건 벽에 기대어 놓은 우산이었다. 빗물이 떨어지지 않도록 비닐 주머니에 넣어 둔 우산. 주머니 아랫부분에 우산에서 떨어진 빗물이 잔뜩 고여 팽팽해져 있었다. 빗물은 투명하지 않았다. 조금 희끄무레했다.

알지도 못하는 사람이 시비를 건다고 할아버지가 화를 낼까 봐 조마조마했지만 할아버지는 아주 잠깐 그 할머니를 바라보더니 이내 고개를 돌렸다. 화가 난 표정은 아니었다. 다만 눈 아래 두툼하게 잡힌 주름의 골이 미세하게 떨리고 있었다.

＊

　진통제와 수액의 효과로 복통이 가라앉고 나서야 병실 안을 둘러볼 수 있었다. 6인용 병실이었고, 나 말고는 모두 중년 혹은 노년의 여자들이었다. 사람이 간병하는 병상은 내 침대 하나뿐이었고 나머지는 모두 간병용 안드로이드를 썼다.

　시비를 걸던 할머니의 이름은 오수향이었다.

　"수향 씨라고 불러라."

　나에게 그렇게 말하길래 나는 괜히 뻗댔다. 싫어요, '씨'가 뭐야. 오글거려요.

　"할머니라 부르면 내가 네 할아버지랑 부부라고 사람들이 착각할 거 아니냐."

　나는 화장실에 간 할아버지가 돌아올까 힐끗 좌우를 살폈다.

　"할아버지가 어때서요?"

　"내 스타일 아니다. 난 일단 머리가 빼곡해야 돼."

　할 수 없이 그가 원하는 대로 불러주기로 했다. 어쩌겠는가. 나이가 깡패지, 뭐.

　"수향은 무슨 뜻인데요?"

　내가 묻자 수향 씨는 물의 향기, 하고 답했다. 그러고는 말을 이었다. 웃기지? 옛날엔 말이다, 비가 오면 비 냄새가 난다고들 그랬거든. 세상 천지에 온갖 냄새가 가득했으니까 물의 향기란 이름도 충분히 나올 수 있는 거지. 지금 사람들은 그 냄새를 모를 거야. 코가 다 마비되었지. 매일매일 똑같은 냄새를 맡으니까. 너 비 냄새가 뭔 줄 아니?

나는 코를 벌름거렸다.

"지금 제가 맡는 냄새요?"

"그건 병원 냄새고."

나는 화장실에 다녀온 할아버지 쪽으로 얼굴을 두고 다시 숨을 깊이 들이마셨다가 내쉬면서 물었다. 할아버지, 물에 냄새란 게 있대. 저 할머니가 그랬어. 근데 대체 무슨 냄새를 말하는 거야?

그러자 수향 씨가 소리를 빽 질렀다.

"할머니가 아니고 수향 씨! 그리고 네 할아버지 쪽으로 코를 그렇게 박고 냄새를 맡으면 노인네 냄새밖에 더 나니?"

"수향 씨는 노인네가 아니고요?"

그렇게 나와 수향 씨가 아웅다웅하는 동안에도 할아버지는 수향 씨에게 단 한 마디도 하지 않았다.

병실 안에서 할아버지는 무생물 같았다.

다른 병상에서는 내게 별 관심을 두지 않았다. 할아버지 때문인 것 같기도 했다. 할아버지를 처음 보는 사람들과 오래 같은 공간에 머물다 보니 할아버지가 얼마나 이질적인 존재이며 얼마나 사람들로 하여금 거리를 두게 만드는 대상인지 새삼 알 것 같았다. 할아버지는 남루했고, 지저분했으며, 가난해 보였다. 아무리 씻어도 그 인상은 사라지지 않는 듯했다. 병상의 사람들은 할아버지를 보며 일종의 얕은 공포를 느끼는 것 같았다. 내 노년이 저렇게 초라할까, 하고 중얼거리게 되는 종류의 득달같은 깨달음 말이다.

근데 수향 씨는 달랐다. 지치지도 않고 할아버지를 호명했다. 응답이 없으면 대신 나를 걸고넘어졌다.

"아니, 가뜩이나 나이 들어서 뼈가 시릴 양반인데 우산까지 들고 다니게 하는 거야? 자기는 손목에 징징이 차고?"

나한테 그렇게 '지랄했지만'—내가 아니라 수향 씨의 어휘다—나는 괜찮았다. 수향 씨가 없었으면 진짜 지루해 죽어 버릴지도 몰랐다. 무엇보다, 누군가와 그렇게 많은 대화를 나누는 건 처음이었다. 엄마나 아빠와는 대화를 하지 않고, 할아버지는 만날 수 있는 날이 드물고, 학교나 학원 애들은……

말을 말자.

병실에만 처박혀 있은 지 벌써 사흘째였다. 허리가 끊어질 것 같아서, 산책을 정말 조금만 하겠다고 할아버지를 졸랐다. 비가 이렇게 오는데? 할아버지가 창밖을 가리켰다. 나는 손목에서 빛나는 현 시각 강수량을 보았다. 시간당 200밀리미터.

"거의 안 오는데 뭐. 할아버지, 한 번만. 나 진짜 죽겠어. 응?"

그렇게 링거팩이 걸린 거치대를 돌돌돌 끌면서 밖으로 나왔다.

손목을 두드려 워터프루프 시스템을 가동시키는데, 링거 바늘에 몇 번이고 찔린 팔뚝이 온통 멍투성이였다. 할아버지는 한 손에 우산을 들고, 다른 한 손으로 링거 거치대를 잡았다. 내가 끌고 다니겠다고 해도 막무가내였다.

바닥에 고인 물이 할아버지의 발바닥을 쓸고, 튀어 오른 빗방울은 종아리를 흙색으로 만들고 있었다. 그러게, 누비스 해 주겠다고 엄마가 몇 번을 말했는데…….

"아주 불효손녀네, 그냥."

그런데 이 불청객 할머니가 다짜고짜 따라 나와서는 사정도 모르고 뒤에서 나를 매도하는 것이었다.

"저거 저거, 저 할배 팔 부들부들 떨리는 것 좀 봐라 저거. 저걸 보고도 눈 하나 깜짝 안 하지. 하여튼 요새 애들은 인간이 아니라 기계야, 기계. 간병 로봇들보다도 못해."

대체 왜 저래.

"수향 씨. 저도 할아버지 누비스 해 주고 싶거든요?"

나는 돌아서서 빽빽 소리쳤다. 할아버지가 손을 뻗으며 뭐라 말리려고 들기에 옆으로 한 칸 뛰듯이 움직였다. 링거줄이 휘청거리며 흔들렸다.

"그런데 할아버지가 하기 싫다고 그랬다고요, 내가 안 해 준 게 아니고요."

나는 할아버지를 툭 쳤다. 나나 엄마 앞에서는 말만 잘하면서 왜 저 참견쟁이 할머니 앞에서는 아무 말 못하는데?

"할아버지, 말 좀 해 줘. 아니라고. 엄마랑 내가 할아버지 누비
스 하라고 얼마나 말했어, 근데 할아버지가 싫다고 그랬잖아. 내
가 말해 봤자 저 할머니가 믿겠어? 그러니까 빨리 해명 좀 해 달
라고."

그러나 할아버지는 손에 든 우산을 이리저리 흔들기만 했다.
빗방울이 튀다가, 내 배리어에 부딪히고서는 다시 할아버지 쪽
으로 돌아가 그대로 어깨며 가슴팍에 명중했다. 할아버지의 옷에
점점이 물자국이 가득 생겼다. 옷도 두 벌밖에 없으면서, 그걸로
나 간병하는 내내 돌려 입어야 하면서, 그러면서 몸 사릴 생각도
안 하고 저렇게 낯가리는 꼬맹이처럼 구는 모습에 복장이 터졌
다. 칠순 먹은 어른 맞나?

"서창식 씨!"

내가 외쳤다. 할아버지는 이상하게도 이름 석 자를 불러야 정
신을 번쩍 차리곤 했다. 다리에서 할아버지를 데려올 때도 언제
나 그렇게 소리를 질러야만 했다. 내막을 모르는 남이 보면 지극
히 예의 없어 보일 테지만, 뭐 사실 남의 평가가 그리 대수인가.
내가 서창식 씨라고 부를 때마다 할아버지가 내 말을 잘 듣는다
는 것이 중요하지.

역시나, 할아버지는 내가 그렇게 부르자마자 원하던 대로 입을
뗐다. 실은 좀 과하게 뗐다. 수향 씨를 향해 냅다 주절거린 것이

다. 맞아요, 내가 그래요, 사람이……. 그래서 가족들이 해 준다는 것도 마다하고 속만 썩이고 있습니다, 얼마나 답답할까 미안하긴 한데 내가 마음이 불편하거든요, 이 비를 이렇게 쉽게 안 맞을 수 있는 방법이 있으면, 그 방법이 점점 많이 퍼지면 사람들은 점점 비를 맞을 수밖에 없는 사람들에 대해서는 잊게 될 거예요, 비를 맞는 사람들이 존재한다는 걸 모르고 믿지 않게 될 겁니다, 그래서 나라도 안 하려고 합니다…….

엄마가 말했던 할아버지의 버릇이었다. 엄마의 표현에 따르면, '별것도 아닌 것에 혼자 슬퍼하고 혼자 화내고 혼자 불행해하다가 혼자 불편하게 살기'.

수향 씨는 말을 끝내고 고개를 푹 숙이는 할아버지를 한참 쳐다보더니 뭐라 속삭였다. 딴생각을 하고 있어서 그만 놓치고 말았는데, 마지막 어절은 "……예요" 혹은 "……예요?"였던 것 같다. 그러니 절대로 내게 한 말은 아니었다. 할아버지에게 한 말이었다.

뭐지? 할아버지 우산에 떨어지는 빗소리 때문에 저 이상한 할머니가 속삭이는 내용이 잘 들리지 않아 나는 귀를 한 번 후빈 후 미간에 힘을 빡 주었다. 할아버지가 나를 보더니 손을 뻗어 엄지로 내 미간을 어루만졌다. 할아버지가 이 표정 하지 말라고 그랬지, 그럼 금방 할아버지처럼 된다고. 손가락에 빗물이 묻어 있었다. 우산이 시원찮은 건지, 우산 아래에서 내 배리어 안으로 건너

오는 그 짧은 순간에 비를 맞은 건지.

"할아버지도 얼굴 잘만 찌푸리면서 나한테 뭐라고 그래."

볼멘소리로 말하자 할아버지는 내가 언제 그랬냐, 하고 웅얼거리며 반박했다.

"뉴스 볼 때마다 그러잖아. 그리고 나 학원 새로 하나 더 다닌다고 엄마한테 뭐라고 할 때도 그랬지. 또 아빠 얼굴 볼 때랑……."

할아버지의 손가락이 내 미간에서 떨어져 나갔다. 그리고 거의 동시에, 수향 씨의 목소리가 다시 들렸다. 이번에도 소리는 작았지만, 아까보다 발음은 좀 더 또렷하게.

"이젠 정말 못 참겠네. 설마 저 잊은 거예요?"

응? 나는 놀라서 수향 씨와 할아버지를 번갈아 쳐다보았다. 할아버지의 대답은 더 놀라웠다.

"끝까지 모르는 척해 주지 그랬어요. 오랜만입니다."

05

병실에 돌아와서 눅눅한 침대에 다시 눕는 동안 할아버지는 말이 없었다. 구겨진 이불을 정리해 주고, 베개를 반듯하게 펴 주고, 내가 자리를 잡고 나서는 옆에 비스듬히 앉아 검지로 엄지손톱을 골똘히 문지르고만 있었다. 수향 씨는 침대에 덜렁 누워서는 머리맡에 있던 책을 펼치더니 내 쪽을 등지고 읽기 시작했다. 읽는 척하는 게 뻔했다.

나는 조금 놀라웠다. 그러니까…… 할아버지를 처음 봤던 다섯 살 때 이후 지금까지 할아버지는 내 할아버지 서창식 씨일 뿐이었다. 나는 서창식 씨를 아는 제삼자를 만나본 적이 없었다. 할아버지는 정확히 무슨 일을 했지? 어떤 것에 몰두했지? 그런 걸 하나도 몰랐다. 할아버지는 그냥, 할머니를 골치 아프게 만들던 사람, 좋은 직장을 때려치운 사람, 엄마가 부끄러워하는 사람, 아빠에게 투명 인간 취급을 당하는 사람, 그리고 다리 밑이 잠길 것 같을 때마다 내가 데리러 가야만 움직이는 사람. 그 정도였다.

할아버지는 내게, 할아버지 피곤해서 조금 잔다, 하고 말하더니 불편한 간병인용 침대에 드러누웠다. 그러고는 팔을 얼굴 위로 올려 팔뚝으로 두 눈을 지그시 눌렀다.

그 모양을 보고 있자니 갑작스레 배 속이 울렁거렸다. 뭐지, 다시 통증이 시작되려나? 하지만 수액도 진통제도 계속 맞고 있는데……. 그렇게 생각하면서 링거병을 올려다보고서는 머리나 긁고 있을 때였다.

"아가."

수향 씨의 목소리였다. 저 아가 아니에요, 내가 대답했다. 이제 중2라고요.

"이름도 모르는데 아가라고 부르지 그럼 뭐라고 불러."

"그러게, 수향 씨는 자기 이름만 가르쳐 주고 내 이름은 물어보지도 않았잖아요. 완전 자기중심적이야."

"그래서 이름이 뭐니."

"박혜인이요. 혜는 여이 혜."

"그래. 혜인아. 너 언제 퇴원하냐?"

나는 수향 씨 쪽으로 몸을 돌렸다. 으으, 하고 앓는 소리가 저절로 났다.

"저도 몰라요. 배 그만 아프면 그때 물 이틀 마시고 죽 나흘 정

도 먹은 다음 검사 받고 퇴원이라고 그러긴 했는데 그건 상태가
나아졌을 때 얘기고."

수향 씨가 펼쳐 든 책의 페이지가 하나도 넘어가지 않은 것을
나는 눈치챘다. 왜 퇴원 일정을 물을까? 수향 씨의 좁은 등과 말
린 어깨를 보며 생각했다. 그냥 무료해서 그런 건가? 그럴 리가.

할아버지가 언제 떠나는지 알고 싶겠지.

그제야 나는 배 속이 꿈틀대는 이유를 조금은 알 수 있을 것 같
았다. 그러니까 나는, 아마도 신이 난 모양이었다.

할아버지와 젊은 시절 알았던 사람, 심지어 여자라니!

둘은 대체 무슨 관계였을까?

＊

엄마와 아빠는 별로 궁금하지도 않은 연애 시절 이야기를 그렇
게 내 귀에 줄줄이 소시지처럼 늘어놓는 걸 좋아했다. 첫 만남과
첫 데이트, 좋아했던 음식점이나 잠깐의 결별, 그리고 눈물 줄줄
난다는 재결합 이야기와 프러포즈, 또, 또……. 귀 후비며 듣고 있
자면 조금 웃겼는데, 막상 자식으로서 꽤 오래 같이 산 내가 옆에
서 보기에 그 둘은 별로 잘 맞는 커플이 아니었기 때문이다. 남이
보기에 행복하고 그럴듯한 삶을 위해 그저 서로를 참아 주고 있
을 뿐. 엄마와 아빠의 하루하루는 가끔 보면 대충 만든 장식품이

나 짝퉁 인형 같았다. 분명 동그란 귀가 두 개 있고 눈이 커다랗고 웃고 있으며 빨간 반바지를 입었는데 디즈니의 미키마우스라 하기엔 굉장히 애매한 얼굴을 하고 있는, 진품이 아닌 인형. 그러나 엄마와 아빠는 서로가 디즈니 출신이라 우기는 인내심을 끝까지 발휘할 것을 서로 합의하는 데 성공한 한 쌍으로 보였다.

그럼 할아버지는 어떨까. 엄마는 세뇌시키려는 듯 내게 할아버지의 험담을 자주 했다. 아마도 그 말들의 본의는 내게 행복감을 강제하려는 것이었을 터인데, 물론 나는 엄마와 아빠를 사랑했고 항상 고마워하긴 했지만, 그래도 가끔은 마음이 불편했다. 엄마는 딸인 내게 '화목한 가정'을 선물하는 자신의 모습에 대한 사랑으로 흠뻑 젖어 있었고 그 이상을 최종적으로 만족시키는 가장 쉬운 방법은 할아버지가 꾸렸던 가정을 헐뜯으며 할아버지와는 다른 아빠를 숭배하는 길이었다.

아빠도 썩 그렇게 좋은 어른은 아닌 것 같은데.

물론 나도 안다. 내가 모르는 날들을 지나왔던 엄마에 대해 이러쿵저러쿵 평가를 내려서는 안 된다는 것을. 그리고 실은 엄마에게 솔직하게 내 마음을 말한 적도 없다. 왜 할아버지를 이렇게 미워해? 나는 할아버지가 안쓰러워. 엄마는 미안하지도 않아? 그런 생각을, 입 밖으로 낸 적도 없다.

*

아마도 그래서 더 수향 씨를 알고 싶었는지 모른다. 어쩌면 할아버지 혼자 수향 씨에 대해 털어놓았다면, 혹은 둘이서 아주 반갑게 악수를 하고 서로의 얼굴을 보며 웃었다면 나는 반짝 관심을 두었다가 금세 거두고서는 배나 움켜쥐고 더 끙끙 앓으며 내게로 관심의 화살을 돌리려 노력했을지도. 그러나 둘은 일단 모르는 척했고, 서로에게 깍듯이 존대를 했고, 무엇보다 마침내 우스운 술래잡기를 끝내고 각자의 정체를 드러냈을 때에도 내내 불투명한 농도의 표정만을 유지했다. 나는 잠시, 얼굴에 주름이 많아지면 감정도 숨기기 쉬워지나, 하고 의아해하기까지 했다.

엄마는 매일 정해진 시간에 전화를 했다. 생명엔 눈곱만큼도 지장을 주지 않는 병에 걸렸다는 걸 안 후로 엄마는 전화할 때마다 그저 학원 숙제 안 빼먹고 하고 있는지, 의사 선생님이 혹시 퇴원 일자를 더 앞당겨 주지 않았는지만 물었다. 그리고 마지막에는 꼭 덧붙였다.

"할아버지가 잘해 주지?"

그 말의 뒷면에는 '할아버지가 남들 보기에 부끄러운 짓을 하지는 않았지?' 하는 질문이 버터처럼 얇게 발려 있었다. 내가 모를 줄 알고?

"간병인용 침대가 좀 딱딱해서 할아버지가 허리 아파하는 것 같은데.”

내가 말하면 엄마는 대답했다.

“뭔 소리야, 네 할아버지 축축한 다리 밑에서 신문지 덮고 잘만 자던 양반이구만.”

＊

수향 씨와 단둘이서 오래 이야기를 할 기회를 잡은 것 역시 엄마가 병실에 코빼기도 비추지 않았기 때문이었다. 엄마가 와 있었다면 없을 일이었다.

“할아버지.”

“왜?”

“나 진짜 머리 감고 싶어서 미치겠어.”

사실은 사타구니가 너무 따가웠지만 그 말은 할아버지에게 차마 할 수 없었다.

“혼자 갈 수 있겠냐?”

할아버지는 나를 너무 아기 취급할 때가 있었다. 내가 손이 없나, 게다가 초등학생도 아니고. 당연하지.

당연하지만…… 같이 가고 싶은 사람이 있었다.

남에게 해가 되지 않는 거짓말은 용서받을 수 있지 않을까 생각했다. 아니, 어쩌면 수향 씨에겐 조금 해가 될까. 그렇지만 나는 정말로 수향 씨에게 묻고 싶은 게 어마무시하게 많았다. 할아버지뿐 아니라 수향 씨 개인에 대해서도.

"몰라. 나 처음이고 손에 힘도 없고 링거줄 어떻게 해야 하는지도 모르겠고. 누구 여자가 도와줬으면 좋겠는데 난 안드로이드도 없고 할아버지는 어쨌든 남자고……."

이상하다. 왜 수향 씨가 반드시 내 의도를 알아챌 거라는 확신이 들었을까?

"내가 이러려고 손톱을 안 깎았네."

기대했던 목소리가 옆 침대에서, 내가 바라던 말을 턱 뱉어 주었다.

"근데 내가 악력이 좀 센데. 머리 가죽 벗겨져도 괜찮으려니?"

06

그냥 한 말인 줄 알았는데 진짜였다. 수향 씨의 손가락이 내 머리카락을 헤치고 벅벅 두피를 문지를 때 나는 확신했다. 만약 학교로 돌아가서 시험 봤을 때 성적이 폭락하면 그건 다 수향 씨 탓이다. 뇌에 쌓여 있는 모든 지식을 저 억센 손가락들이 쓸어 가 버린 거다.

"저기! 수향 씨!"

트리트먼트까지 마친 후 수건으로 머리뿐 아니라 얼굴까지 벅벅 닦이다가, 내가 정말로 수향 씨에게 샴푸를 받으려고 이런 건 아니었는데, 하고 자각하는 바람에 말이 조금 다급하게 튀어나왔다. 수향 씨는 물었다. 왜?

"우리 할아버지랑 어떻게 아는 사이예요?"

수건을 손에 든 수향 씨가 나를 빤히 바라보았다. 환자복에 물이 튀어 있었다.

"그냥 아는 사이."

"친구인 거예요?"

"그렇지, 말하자면."

"언제부터요? 어떻게요? 같은 학교 나왔어요? 같은 직장? 아니면……."

아니면, 하고 나는 입을 다물었다. 다른 질문이 생각나지 않아서. 나는 할아버지에 대해 모르는 게 너무 많았다. 동호회? 할아버지가 뭘 좋아했더라? 그런 걸 할 수 있는 사람이었을까?

수향 씨는 나를 가만히 바라보더니 내 이름을 불렀다. 혜인아.

"네?"

"네가 친구를 사귀었다고 해 보자. 무얼 알고 있어야 그 애가 너의 친구가 되었다고 확신할 수 있을까?"

나라면.

"……그 친구가 좋아하는 음식……?"

금식 때문에 죽도록 배가 주려서 나온 대답일지도 몰랐다. 그 대답이 좋은 대답이었을까? 나는 알 수 없었다. 친구를 사귄 적이 없으니까.

"그럼, 친구라고 말할 수 있겠다."

수향 씨는 아무것도 아니라는 듯 말했다.

"너희 할아버지는 라면 좋아해. 아주 군내 나는 김치 국물을 넣어서 시뻘겋게 끓인 라면을 먹어. 퍼진 면을 좋아하지. 잘 씹지도 않고 훌렁훌렁 넘겼어. 아, 막걸리도 좋아해. 막걸리는 흔들지 않고 맑은 윗물만 따라 먹는 걸 좋아하지만 웬만한 자리에선 그러지 않았다. 자기가 그렇게 먹으면 다른 사람들은 탁한 술지게미를 먹어야 하니까."

입이 조금 벌어졌다. 처음 듣는 말들이었다.

"나랑 둘이 먹으면 좀 맞았지. 나는 무엇이든 아주 진한 것들을 좋아하거든."

정말로 할아버지에게는 친구가 있었구나!

"그런데 왜 저는 몰라요?"

나는 내처 물었다.

"할아버지랑 지금까지 친한 건 아닌 거 맞죠? 할아버지한테서 수향 씨 얘기는 한 번도 들은 적이 없으니까. 그리고……."

분명하지.

"할아버지가 지금 어디 사는지 알면요, 친구라면, 일단 말리고 봤을 테니까. 그런데 나는 들은 적이 없으니까요. 그럼 어쩌다 또 멀어졌는데요?"

수향 씨의 눈동자 색을 그때 비로소 확실히 볼 수 있었던 이유는 아마 수향 씨가 정말로 소스라치게 놀라 그 괄괄한, 혹은 괄괄한 척하는 모양을 유지할 수가 없었기 때문이었을 터이다.

"그게 무슨 말이냐?"

수향 씨는 물었다.

"할아버지가 지금 어디 사는데?"

＊

정확히 어떤 사이였는지는 전혀 파고들지 못한 채로, 전리품을 얻기는커녕 오히려 고스란히 약탈당하고(그러니까, 난 궁금한 걸 아무것도 해소하지 못했으면서 할아버지가 지금 어디 사는지를 낱낱이 털어놓기까지 했다는 뜻이다. 엄마가 남들에게 함부로 말하지 말라고 그렇게 으름장을 놓았는데.) 돌아오니 몸이 처졌다. 꾸룩거리는 배는 대체 언제 가라앉을 건지, 아직도 툭하면 쑤셨고 이제 겨우 물을 마셔도 된다는 허락이 떨어졌지만 정말 말 그대로 물만 가능해서……. 나는 머리가 축축하게 젖은 채로 돌아와 맹물을 애처롭게 씹고 있었다.

수향 씨는 한참을 뒤척거렸다. 내가 물을 씹어 삼키는 것보다 더욱 활발히 입을 오물거리며 무어라 말을 할까 말까 망설이는 눈치더니 책을 들고 나가 버렸다. 조금 신경이 쓰였지만 차라리 다행이었다. 할아버지에게 묻고 싶은 게 있었으니까. 나는 할아버지의 손목을 붙잡았다.

할아버지가 눈을 끔벅였다.

"할아버지, 저기, 있잖아."

처음에는 수향 씨에게 했던 것처럼 바로 궁금한 걸 물으려 했는데 이상하게, 할아버지에겐 힘들었다. 아주 높은 벽은 아니지만 낮고 두툼한 턱이 있는 것 같았다. 뛰어넘으려면 충분히 넘을 수 있지만 이상하게도 접근 금지 표시라도 되는 듯 주저하게 되는 장애물처럼. 왜일까. 결국 아무 말이나 모호하게 뱉을 수밖에 없었다.

"할아버지는 제일 좋아하는 음식이 뭐야?"

할아버지는 대답했다. 라면이지, 하고.

"설마, 상해서 시어 빠진 김치 국물 넣어서 먹는다고 말하지 마."

그리고 할아버지는 정말로 깜짝 놀랐다.

"너 그건 어떻게 알았냐?"

✳

병실에 머물며 무언가 더 파헤치기에는 내가 너무 경미한 질병을 앓고 있단 사실이 큰 문제였다. 결국 나는 퇴원할 때까지 아무것도 하지 못했다. 아쉽게도 더 알아낸 것 역시 없었다.

07

그래도 무언가 달라진 것이 하나 존재했다.

"아빠, 수고했어! 다리 밑에서 안 자고 뽀송한 실내에서 잔 기분이 어때?"

엄마가 병실에 도착했을 때 내가, 입원할 때와는 달리 엄마나 할아버지의 얼굴이 아니라 수향 씨의 얼굴을 먼저 살폈다는 것. 그걸 알아챈 엄마가 내 등을 툭 내리쳤다. 모르는 사람 그렇게 쳐다보지 말라고 했지? 엄마가 속삭였다.

수향 씨는 모르는 사람이 아니었지만 나는 항변하지 않았다. 병실에서 무슨 할머니를 만나 친해졌다고 하면 엄마가 탐탁해할 리가 없으니까. 가뜩이나 엄마는 내게 친구가 없다는 사실에 몹시 예민한데. 나는 완벽한 엄마의 오점과도 같은 존재인데.

물론 아빠도 병상 옆에 있었다. 아빠는 이런 현장에서 빠져서는 안 되고, 그럴 수도 없는 처지였다. '진짜' 가정적인 사람, '진짜' 사랑스러운 아빠, '진짜' 세심하고 안전한 가장의 이미지를 아빠는 무너뜨리지 않아야만 했다.

그리고 할아버지를 투명 인간 취급하는 건 그 어떤 흠결도 되지 않는다는 사실 역시 아빠는 확실하게 안다.

"장인어른께서 너무 잘 돌봐 주셨나 봐, 금식을 그렇게 했다고 하는데 얼굴이 좋네, 우리 딸. 그렇지, 여보? 장인어른께서 아주 고생 많이 해 주셨어."

여전히, 눈앞에 없는 사람을 입에 올리듯 굴었다.

*

할아버지는 우산을 접으며 차에 탔다. 빗물이 뚝뚝 떨어지는 바닥을 보고 엄마가 잠시 미간을 찌푸렸다. 할아버지는 나에게 하는 것처럼 엄지를 엄마의 주름진 미간에 대 줄 마음이 있을까? 엄마가 허락할까, '지저분한' 노인의 열 손가락 중 가장 넓은 부분이 자신의 피부에 닿는 것을?

"안 힘들었어, 아빠?"

"뭐가 힘들어. 하나뿐인 손녀 맨날 볼 수 있어서 좋았지."

"그래, 손녀 맨날 볼 수 있어서 그렇게 좋은데 왜 다리 밑에서 살아?"

할아버지는 또 입을 꾹 다물었다. 엄마는 한 5초 정도 기다리다가, 성마르게 내 쪽으로 초점을 움직였다.

"학원 빠진 거 채워 넣으려면 정신 차려야 돼, 이제."

엄마가 말했다. 나는 눈을 감았다.

＊

퇴원하기 전날 한 번 더 수향 씨에게 머리를 감겨달라고 했다. 염치없게도 그런 짓을 했다.

"나 젊을 땐 물 부족 국가라고 어지간히 광고했는데."

"근데 지금은 물이 너무 넘쳐나서 문제잖아요."

"그러게. 물이 하늘에서 내리지 않는 날을 본 적이 있어?"

샴푸 거품 섞인 물이 눈과 입으로 들어왔다. 나는 입을 꾹 다물고 물이 턱 밑으로 떨어지길 한참 기다렸다. 당연히 본 적 없다고 말해야겠지만, 이번에는 내가 수향 씨보다 먼저 해야 할 말이 있었다.

"저 같은 나이대 애한테 어떤 할머니나 할아버지가 그런 거 물어보면 무슨 얘기 듣는 줄 알아요?"

"무슨 얘기?"

"노망났다고."

수향 씨가 웃었다. 나는 별로 웃고 싶은 마음이 아니었는데.

"근데 있잖아요, 수향 씨. 진짜로 다시 한번 물을게요. 우리 할아버지랑 아주 잘 아는 사이였어요? 아니면 그냥 스쳐지나간 그런 사이?"

수향 씨가 흰 머리를 쓸어넘겼다. 손에 물기가 약간 남아 있어 머리에 방울방울 물이 맺혔다. 나처럼 검은 머리 위였다면 티도 안 났을 텐데, 새하얀 머리카락에 붙어 있는 물방울들은 정말 잘 보였다. 풀잎에 맺힌 이슬처럼. 물론 나는 이슬이란 걸 한 번도 본 적이 없다. 그건 하루 종일 비가 오지 않는 땅에서야 관찰이 가능한 아름다움이니까. 문학 교과서에서나 본 그런 개념이다.

그러니 내게 이슬이란, 노망과 같은 층, 같은 자리에 위치하는 단어.

왜 수향 씨에게 그 이야길 했는지 모르겠다. 이슬이 노망이랑 똑같은 위치에서 주춤대고 있는 게 뭐 그리 대단한 일이라고. 아빠한테 말했다면 텅텅거리는 웃음을 지으며 내 머리를 쓰다듬고는 "우리 딸은 참 생각도 많아"라고 했겠지. 엄마였다면 "얘가 또 제 할아버지 닮아서" 하고 한숨을 쉬었을지도 모르겠다. 할아버지한테는…… 할아버지의 얼굴 앞에서는 죽어도 '노망'을 뱉을 수 없고.

"잘은 몰라도 알긴 했다니까. 같이 급하게 라면 먹고 오래오래 막걸리 마실 만큼은."

수향 씨가 그렇게 대답했기에 나는 그 다음으로 묻고 싶은 말을 던질 수 있었다.

"우리 할아버지가 진짜로 노망난 것 같아요?"

"그게 무슨 말이니?"

그리고 나는 수향 씨에게 내가 그날 엿들었던 말을 그대로 전해 주었다.

"그러니까, 너희 엄마랑 아빠는 할아버지가 다리 아래에 사는 걸 고집하는 게 노망이라고 주장하고 싶어 한단 말이지?"

"아마도요."

"그리고 그 이유는……."

"몰라요. 양로원에 모실 거면 그냥 모시면 되지, 노망 같은 건 왜 얘기하죠?"

"할아버지가 왜 다리 밑에서 사는지 부모님은 아는 것 같니? 노망 말고, 진짜 이유."

그 말을 듣자마자 이상하게, 빠진 머리카락이 붙은 것처럼 목이 근지러웠다. 손으로 떼어 내려 했지만 몇 번을 반복해도 묻어 나오는 건 없었다. 이리저리 둘러봐도 거울로 삼을 만한 것 역시 찾을 수 없었다. 이리 와. 수향 씨가 손짓했다. 내가 가까이 가자 수향 씨는 목에 붙은 걸 떼어 주었다. 머리카락이죠? 내가 묻자 수향 씨는 아무런 대꾸 없이 손에 든 걸 보여 주었다.

"아."

은색으로 짓이겨진 돈벌레의 사체. 축축하고 진득하게 빛나는 그 흔적은 딱 수향 씨의 머리카락과 똑같은 색이었다.

　누비스는 비가 그치지 않는 도시에서 공격적으로 세를 넓혀 나갔다. 특히 판을 뒤집고 경쟁 회사를 완벽히 제압하여 각종 시장을 점령하기 시작했던 시발점은 사람 몸에서 빗물을 튕겨 내는 워터프루프 시스템을 선보였을 때였다. 저게 어떻게 가능해? 사람들이 반신반의하던 그 기능은 누비스가 자랑하는 전설의 일부가 되었다.

　워터프루프 시스템을 구독형으로 전환한 누비스는 빵빵해진 자본력 덕인지 곧 방역 쪽에서도 압도적인 효율을 보이기 시작했다. 문제점이 있다면 종의 존속을 위협받은 벌레들이 너무 빨리 누비스의 방역 시스템에 적응해 막강해졌다는 사실이었다. 벌레들은 사람과 달리 마음대로 움직여 주지 않았다. 없어지지도 않았고 도망치지도 않았다. 자다가 가슴팍이 근지러워 깨면 커다란 벌레가 얼굴을 빤히 바라보고 있는 일이 잦았다.

　엄마는 아직도 벌레만 보면 기겁을 했다. 그러나 수향 씨가 눌러 죽인, 발이 아주 많은 벌레는 우리 세대에겐 익숙했다.

　"저는 거기서 사는 이유를 딱히 물은 적은 없어요. 아빠도요. 엄마는 물어봤던 것 같아요. 근데 이미 그게 잘못된 것이라고 단정을 짓고 화를 내면서 물어봤기 때문에……. 할아버지는 딱히 대답하고 싶지 않았을 수도 있어요."

수향 씨는 벌레의 은빛 체액이 묻은 손을 어디에도 닦지 않은 채 그대로 두고 있었다. 저거 닦아야 되는데. 독 있는데. 그러나 내가 우당탕 소리를 내며 물티슈를 찾는 동안에도 수향 씨는 그저 멀뚱멀뚱 서 있을 뿐이었다. 본인 때문에 안달하는 나를 본척만척하면서.

"너는 그러니까, 할아버지가 양로원에 들어가지 않았으면 좋겠단 거니?"

도저히 할아버지가 어디에 물티슈를 숨겼는지 몰라 수색을 단념하자마자 수향 씨가 물었다.

"네. 당연하죠."

"왜?"

왜냐니.

"너희 엄마 말대로, 할아버지가 양로원에 들어가면 훨씬 안전할 텐데? 깨끗하고, 밥도 잘 나오고, 비 맞을 일도 없고. 어떤 사람들은 서운해하긴 해, 가족이 자길 책임지지 않고 시설에 맡겨 버렸단 사실에 대해서. 하지만 내가 아는 너희 할아버지는 그럴 사람도 아닌 것 같은데. 무엇보다, 남에게 민폐를 끼치는 걸 죽기보다 싫어했어."

그런 성향은 알고 있었다.

"피를 나눈 가족끼리는 민폐 같은 거 없다고 엄마가 그랬어요."

"그럼 다 사랑으로?"

"말은 그렇게 하죠."

하지만 그럴 리가.

"속으로는 숨만 잘못 쉬어도 폐라고 생각해요. 내가 아파서 여기 온 것도 충분히 폐라고 여길 가능성이 있어요."

솔직히 말하자. 할아버지가 타의에 의해 양로원에 끌려갈지도 모른다는 사실의 무게보다는, 두려움이 더 컸다. 결국엔 그걸 방관한 벌을 하늘로부터 받지 않을까, 하는 예감.

어둑한 하늘 꼭대기에서 끝없이 내리는 비는 사람들에게 그런 식의 불안감을 심어 주었다. 천벌이라는 단어는 조금 비현실적으로 들리지만, 정말이지 그만큼 지금의 하루하루를 잘 대변할 수 있는 말이 또 어디 있단 말인가. 그러나 아마 60년쯤 지나면, 그러니까 우리 엄마나 아빠 같은 세대도 모두 세상에서 사라지고 내가 할아버지 나이쯤이 되고 나면, 그러면 남은 사람들은 단 한 번도 화창한 날을 경험한 적이 없는 이들이고, 그래서 이전 세대의 잘못에 대해서는 아예 잊어버린 채 축축한 하루하루를 당연시 여기며, 천벌 같은 개념은 완전히 망각하며 살아갈지도 모른다.

이미 그럴 조짐은 보이고 있다. 비 맞을 일이 없게 만들어 주는 누비스로 인해서.

08

　퇴원한 지 사흘째 되는 날은 토요일이었다. 나는 엄마가 브런치 먹으라며 깨울 때까지 정신없이 잤다. 병원에서 금식하며 체력이 뚝뚝 떨어지는 바람에 겨우 이틀 동안 학교와 학원들을 오가며 완전히 녹초가 된 탓이었다. 눈을 비비며 식탁으로 나갔더니 식탁 위가 온통 푸르렀다. 엄마는 거실화를 벗고 식탁 의자 위에 올라가 사진을 찍었다. SNS 계정에 올리겠지. '클린한 우리 밥상' 뭐 이런 식의 코멘트를 달아서. 별다른 말을 안 해도 사람들은 다 알 것이었다. 이 밥상이 얼마나 비싼지. 채소는 종류를 불문하고 웬만해선 보기 힘든 식재료였다.

　"오늘 돌아가려고 한다."

　셀러리를 베어 먹던 할아버지가 선언했다. 뭐? 엄마가 반문하며 아빠와 눈빛을 주고받는 모습을 나는 놓치지 않았다.

"그동안 잘 먹이고 잘 돌봐줘서 고마웠다. 근데 이제 혜인이도 퇴원했고 하니까, 나도 내 자리로 돌아가련다. 너희도 나 있으면 불편하지 않니."

"아빠, 아니, 미치겠네. '내 자리'라니? 설마 그 다리 밑 얘기야?"

"내 걱정하는 거라면, 요 며칠 강수량도 많지 않아서 안전할 거다."

엄마가 젓가락을 입으로 가져가려는 아빠의 손을 잡아챘다. 오빠! 고기만 먹지 말고 꼭 채소랑 같이 먹으라고 내가 했어, 안 했어? 내가 진짜, 며칠 전부터 예약 걸어서 구해 온 거라고, 이거.

그러더니 말을 이었다. 오빠는 아빠한테 할 말 없어? 아빠가 다시 다리 밑으로 가고 싶다는데?

아빠는 가만히 구레나룻을 긁더니, 큼, 하고 목을 가다듬으며 입을 열었다. 나는 그 헛기침 때문에 아주 조금 기대를 했다. 혹시 아빠가 드디어 할아버지에게 직접 무언가를 말하게 될까? 그러지 않고서야 저렇게 주저하는 티를 낼 리가 있나?

"여보, 내 욕심인지는 모르겠는데 아버님이 가실 땐 가시더라도 주말 동안만 혜인이랑 같이 데이트해 주시면 좋겠어. 여보도 그렇게 생각하지?"

그러면 그렇지.

"그동안 혜인이가 할아버지를 이렇게 오래 뵐 일, 전혀 없었잖아. 이번에 드디어 일주일 동안 뵈었는데 사실 병원에 있느라 재

있게 뭐 해 볼 기회도 없었고. 그러니까 주말 동안은 혜인이랑 같이 있어 주시면……."

"아빠! 들었어?"

엄마가 아빠의 말을 끊으며 묻자 할아버지는 수저를 든 손을 식탁 위에 내려놓고서 나를 바라보았다. 내 의사를 묻는 듯했다. 이미 당신의 생각과 판단은 딸과 사위에게 아무런 의미가 없다는 사실을 잘 아는 이의 눈빛이었다.

나는 할아버지가 이 집을 불편해한다는 걸 지극히 잘 알았지만 할아버지와 더 있고 싶었다. 안 그러면 또 외롭게 주말 동안 친구 없는 아이가 되어, 나를 싫어하는 또래들이 바글바글한 학원만 돌아다녀야 하니까.

"어. 나 할아버지랑 주말 동안 놀고 싶어. 그런데 나 토요일에 학원 세 개 있고 일요일엔 과외 두 개랑 컨설팅 있는데, 엄마. 일광욕도 이틀 다 있고."

"이번 주말엔 빼 줄게. 할아버지랑 놀아."

엄마가 절대 그런 말을 하지 않을 사람이란 걸 조금만 정신을 차리면 분명히 알 수 있었을 텐데. 할아버지와 둘이서 하는 데이트 따위를 절대로 허가하지 않을 사람인데.

내가 바보였다.

*

"무서우면 얘기해라."

"할아버지가 있는데 뭐가 무서워."

할아버지는 내게 진짜 서울을 보여 주겠다고 했다. 할아버지가 젊었던 시절 가장 익숙했던 서울, 누구나 잊으려 하지만 절대 그래서는 안 된다는 '진짜 서울'의 얼굴을. 지금 생각해 보건대 아마 할아버지도 무언가를 예감했음이 분명하다. 이를테면 나에게 그 얼굴을 보여 줄 수 있는 날이 그때밖에는 남지 않았으리라는 사실 같은 것 말이다.

우리는 자율주행버스를 세 번 갈아타고 내렸다. 나는 방향을 잘 가늠할 줄 몰라서, 우리 집에서 출발해 남서쪽으로 꽤 이동해 왔다는 사실 정도만을 알 수 있었다.

왜 여기에 온 건지 모르겠다고, 여기가 어디냐고 묻고 싶지 않았다. 별게 아니라는 식으로 받아들이며 코웃음을 치고 싶었다. 그래, 할아버지에게 이곳이 소중한 곳이구나? 할아버지가 이런 걸 걱정했구나? 근데 할아버지, 나도 다 배웠어. 옛날의 서울이 어땠는지, 끝없는 비가 내리면서 얼마나 망가졌는지, 속속들이 알고 있다고. 그런 교육쯤은 우리도 학교에서 받는단 말이야.

하지만 나는 생각처럼 떵떵거리며 말하지 못했다. 당연하다. '교육받지' 않은 것이었으니까. 저지대와 고지대의 격차 정도는 알고 있었으나, 더 깊숙한 곳에 더 참혹한 현실이 자리하고 있다는 건 몰랐다.

그러니까 일단은, 선후가 배운 바와 달랐다. 저지대에 '어쩔 수 없이' 살게 된 사람들이 불가피하게 괴로워지는 게 아니라, 저지대에 살고 있는 사람들이 아무 말도 못 할 것을 알고 시민들이 온갖 더러운 것이 섞인 빗물을 흘려보내도록 합의한 것이나 다름이 없다는 사실을 그날까지 나는 몰랐다. 도시에서는 그곳으로 물이 더 잘 흐르도록 물길을 팠고, 빗물을 정화할 생각은 하지 않았다. 온 도시의 찌꺼기가 둥실둥실 그곳으로 향했다. 그렇게 그곳을 제외한 나머지는 깨끗해졌다.

그곳은 원칙의 무덤이었다. 모르던 장면, 옳지 않은 장면들만이 그 공간에 가득했다. 아무도 이 나라의 수도이자 자랑인 서울에 이런 곳이 있다는 말을 해 주지 않았다. 처음 보는 동네, 처음 걷는 길에 나는 이미 잔뜩 경직되어 있었다. 돌아가자는 말이 혀끝까지 올라왔다. 그 말을 하지 못한 것은 자존심 때문이었다.

아빠나 엄마처럼 할아버지를 대하고 싶지는 않다는 마음.

적어도 나 하나만큼은 할아버지를 이해하는 사람이고 싶다는 욕심.

할아버지는 입을 꾹 다물고서 밑창이 푹푹 빠지는 진흙을 밟으며 걸었다. 신발이 온통 만신창이가 되었다. 내 신발은 누비스 덕에 아직은 말짱했지만 배리어가 과연 언제까지 버틸 수 있을지 자신이 없었다. 이토록 검고 질척거리고 악취가 풍기는 진흙은 사람들이 오가도록 만들어진 도시의 보행로에서는 본 적이 없으니까.

"사실은, 외부인이 이곳을 보러 오는 것도 아주 드문 일이란다. 대부분은 아예 보려 하지 않기 때문이지. 마음이 불편하거든. 태어나서부터 악의가 꽉꽉 들어찬 사람은 없어, 다만 자기 몸에 더 편안하고 이로운 쪽으로 가는 것뿐이다. 그런데 퇴화시키지 못한 능력이 이런 장면을 보면 자꾸 활성화되지. 공감하는 능력 말이다. 그렇게 누군가 깨닫고 빠져나가면 단기적인 집단에는 손해야. 피해를 끼치는 벌레는 눌러 죽여야 하지. 나도 마찬가지로 벌레 같은 존재야."

남에게 털어놓을 수 없는, 지저분하고 지긋지긋한 벌레······.

우리는 이윽고 거대한 벽에 맞닥뜨렸다. 벽의 하단은 시멘트였고, 위는 철조망이었다. 온통 녹이 슬어 있었다.

할아버지를 따라 뿌리가 진흙탕에 잠긴 철조망을 스치듯 걸었다. 한 2분가량을 걸으니 문 하나가 덜렁 나타났다. 옆에 붉게 부식된 금속 현판이 붙어 있었는데, 두 글자를 빼면 알아볼 수 없었다. 살아남은 두 글자는 '통'과 '협'이었다. 그 두 글자는 획수가 많아서 오래 살아남았다고, 그래서 어느 순간부터 이곳을 사람들이 통협동이라 부르기 시작했다고 할아버지는 이야기했다.

"할아버지가 옛날에 여기서 일했단다."

할아버지가 '일'에 대해 이야기한 것은 처음이었다. 할아버지는 내가 태어나고부터 그저 할아버지일 뿐이었는데.

"그게 할아버지의 마지막 일이었어."

주름진 손이 문을 열었다. 문은 무거워 보이는 외양에 비해 아주 쉽게 열렸다. 잠금장치 같은 건 전혀 없었다. 누구나 마음만 먹으면 들어갈 수 있는 듯했다. 문틈의 구석에는 거미줄이 잔뜩 쳐져 있었다. 이렇게 비가 오는데, 강하기도 하지.

할아버지는 먼저 안으로 들어선 후 문을 잡아 주었다. 나는 조심해서 할아버지를 따라 문턱을 넘었다.

"네 아빠한테 여기 왔었다고 솔직하게 얘기를 하렴."

할아버지가 말했다.

"그러면 아빠가 좋아할 거다."

이상한 말이었다. 왜? 그럴 리가 없잖아. 아빠가 말한 할아버지와의 데이트는 아마도 어디 카페에 가서 음료와 케이크를 먹고, 박물관에 가서 전시를 보는 정도였을 것이다. 이런 코스를 원하지는 않았을 것이다.

"어떤 걸 봤는지 정확하게 이야기를 하면 더 좋을 게다."

할아버지는 갑자기 주머니를 뒤적이더니 손바닥만 한 랜턴을 꺼내 켰다. 아직 낮인데? 의아해하는데, 할아버지가 내게 고개를 돌리더니 물었다. 이야기할 거냐?

"할아버지가 원한다면."

나는 대답했다.

*

그날 느꼈던 감정을 명명할 방법을 오랫동안 찾지 못했다.

매일매일 반복되는 학원에서의 학습과 성과라는 건 죄다 그렇지 않은가. 처음 보는 한 문단의 문제를 다 읽기도 전에 문장, 아니, 차라리 단어의 각 요소를 파악하는 연습을 하고, 어른들이 원하는 결과를 도출해 내는 과정. 그리고 그 과정을 수립하기 위해 선행되어야 하는 것은 '유형'의 파악이다.

세상의 모든 일을 해석하는 법을 그런 식으로만 배워 온 사람은 처음 보는 유형의 문제를 전혀 해결할 수 없다.

09

"하나밖에 없는 손녀를 그렇게 위험한 곳에 데려갔어요."

엄마는 눈가를 손등으로 훔쳤다.

"가족과 함께 하기에는 너무 위험한 상태 아닌가요? 이래도 진단이 필요해요? 병원 예약하는 게 얼마나 까다롭고 또 의사 진료 한번 보기까지 얼마나 많은 시간이 걸리는지 알잖아요. 그동안 무슨 일이라도 일어나면요? 그럼 책임지실 거예요?"

사람들은 낮은 목소리로 저들끼리 속삭였다. 그러더니 엄마 쪽으로 고개를 돌려 말했다. 일단은 그럼 따님 말씀대로 하겠습니다, 저희도 특수 예외 규정이 있으니까요.

"그래요. 정말 감사해요."

엄마는 그렇게 말하곤 냉장고를 열었다. 그 안에서 요구르트 몇 개를 꺼내어 사람들에게 내밀었다. 힘드시죠, 별거 아니니까 그냥 쭉 드시고 가세요. 그러나 어디 앉으란 말은 하지 않아서 사람들은 모두 거실에 어영부영 선 채 요구르트의 뚜껑을 따서 쭉 들이켰다. 그러고는 빈 병을 어디에 버려야 할지 눈치를 살폈다. 엄마는 병은 저 주세요, 같은 말도 하지 않았다. 결국 사람들은 빈 병을 들고 거실을 나섰다.

그 모든 장면은 내가 보지 못한 것들이다. 학교에 가 있을 때 벌어졌으니까. 할아버지가 사라진 걸 확인하고 홈캠을 뒤져서야 비로소 알 수 있던 정황이었다.

할아버지는 월요일 9시가 되자마자 어딘가로 '실려' 갔다.

평범한 양로원은 아닌 게 분명했다. 차라리 체포에 가까워 보였으니까. 그곳의 이송 및 입원 시스템은 주말에 훨씬 더 비쌌다. 겨우 그런 이유로 엄마 아빠는 월요일까지 할아버지를 남기려 애를 쓴 것이다. 내가 다니는 학원은 얼마나 비싸든 신경도 안 쓰면서, 매일 그 비싼 채소와 과일을 사다가 식탁 위에 올려놓고 사진을 찍으면서.

그리고 바보같이 나는, 할아버지가 끌려가는 데 큰 미끼를 제공해 버리고 말았다는 걸 홈캠에 녹음된 엄마의 말을 듣고서야 알 수 있었다. 뭣도 모르고 엄마에게 과시하듯 털어놓았던 하루의 데이트 코스, 통협동. 그 증언이 없었다면 할아버지는 양로원으로부터 수용 자체를 거부당할 수 있었다. 정부에서는 진단서나 '유의미한 특수 사례' 없이는 자식이 있는 노인을 자식조차 멋대로 시설에 맡길 수 없도록 규제했는데, 이는 노인에 대한 배려가 아니라 오로지 병상은 부족하고 노인은 넘쳐나기 때문이었다. 그러나 누구도 아닌 바로 내가 가장 유의미한 자료를 제공했다. 결국 '할아버지가 노망났다'는 말도 안 되는 주장이 가능케 한 열쇠는 나였다.

나는 그저, 엄마가 자신이 공들여 만든 예쁘고 매끈한 세계에서 빠져나와 진짜 세상을 알게 된다면 할아버지를 더 잘 이해해줄 수 있지 않을까, 하는 생각에서 내가 어디 다녀왔는지를 이야기한 거였는데.

내 허락도 받지 않고 어떻게 몰래 할아버지를 내쫓는 짓을 저지를 수 있냐고 나는 고래고래 소리를 질렀다. 엄마도 비명을 지르며 맞받아치더니 금세 지쳐버렸다. 막판에는 그저 피곤한 표정을 짓더니 잔뜩 갈라진 목소리로 말할 뿐이었다.

"그래, 너 혼자 정의로운 사람 해라. 엄마가 악역 할 테니까. 맘껏 욕해. 누가 네 할아버지 핏줄 아니랄까 봐."

엄마는 거실화를 끌며 방으로 들어가다 말고 고개를 돌리더니 한마디 더 했다.

"네 신발 버렸어. 똥물이 어찌나 묻었는지 세탁을 할 수가 없겠더라."

그러고는 문을 닫았다.

*

　홈캠에 나온 사람들 대부분은 가운이 아니라 공사장의 인부들이 입는 종류의 조끼를 걸치고 있었다. 그게 또 서럽고 속상해서 눈물이 났다. 이미 본인의 의사와는 전혀 관계없이 노인을 강제로 집이 아닌 곳에 집어넣기로 한 가족을 대상으로는, 형식적인 연극도 할 필요가 없는 모양이었다. 노인은 그저 일종의 화물에 불과할 터였다. 어디 흠집 나지 않게 조금 조심히 취급해야 하는 화물 말이다.

　그래도 조끼 덕에 할아버지를 어디로 보냈는지 알 수 있었다. 등판 부분에 커다랗게 기관명이 적혀 있었으니까.

　햇살가득노인지원센터.

　나는 그 이름을 인터넷 검색창에 넣었다. 당연히 무언가 결과가 나올 거라고 기대했다. 어디서 대가를 받고 거짓으로 작성한 리뷰라고 하더라도 괜찮았다.

　아마 주말에 할아버지와 함께 통협동에 가서 그 광경을 보지 않았더라면, 나는 두 가지 감정 사이에서 갈팡질팡하고 있었을지도 모른다. 납치되듯 사라진 할아버지를 찾아오고 싶은 마음 반, 그리고 센터가 알고 보니 너무나 괜찮은 곳이어서, 다리 밑보다는 훨씬 좋은 곳이어서, 그래서 "할아버지는 좋은 곳에서 지내기 위해 가셨어"라고 우기는 엄마의 말에 동조하며 어려운 생각은

떨쳐내고 편하게 살고 싶은 마음 반. 그러나 나는 이미 통협동을 목격했고, 그 지명을 검색해 봤고, 드넓은 인터넷 세상에서 아무 정보도 나오지 않는다는 사실을 확인했다. 비가 오지 않기에 누비기 쉬운 온라인 세상이, 비가 내리는 진짜 세상에 버젓이 존재하는 아주 명백한 장소를 모르는 척할 수도 있었다. 어떻게 그럴 수가 있을까?

검색 결과가 나오지 않는다는 건 함의하는 바가 분명하겠지. 알려지면 '골치 아픈' 대상이라는 뜻.

햇살가득노인지원센터에 대한 정보 역시 전혀 나오지 않았다. 포털의 지도에 등록되지도 않았고, 리뷰 같은 것도 전무했다. 심지어 '햇살' '가득' '노인' '지원' '센터'라는 그 다섯 단어가 너무나도 범용성이 대단한 단어들이어서 온갖 관련 없는 게시물들이 우르르 쏟아졌다. 더 슬픈 것은, 그 단어로 검색된 게시물들이 죄다 다정하고 매끈한 이야기만 하고 있다는 점이었다. 제목에 '햇살'이 들어가는 작년의 최고 히트 드라마와, 결핍 없이 행복만 가득한 하루하루를 보내는 마인드 컨트롤의 방법과, 한 대기업의 회장으로서 돈을 아주 많이 번 어느 노인이 방송에 출연한다는 소식과, 비로 인해 지속적으로 경제적 피해를 입고 있는 동네—우리 동네가 왜 포함되어 있지?—의 주민에게 돌아가는 지원금을 늘리겠다는 정책, 그리고 '아이돌 본 투 비 센터' 같은 것들. 그게 다였다.

머리가 지끈지끈 아팠다. 배도 꾸륵거렸다. 햇살, 가득, 노인, 지원, 센터. 다섯 가지 중 내가 조금이라도, 아주 작은 실마리라도 잡아 볼 수 있는 쪽이 어디일까. 배를 움켜쥐고 생각을 더듬었다.

*

중2병이라는 단어가 등장한 것도 아주 오래전이라고 했던 것 같은데, 그 이후로도 사실 그 단어는 전혀 새로운 평가를 받거나 다른 표현의 옷을 입은 적이 없다. 중2병은 죽어도 중2병이다. 몰이해는 세상이 멸망해도 몰이해다.

이토록 펑펑 울면서 얼굴을 튼 지 며칠 안 된 노인 앞에 서는 것도 누군가는 중2병이라고 말하며 가엾게, 혹은 우습게 여기겠지.

"오늘 과학 학원 째고 왔어요. 엄마가 알면 저는 죽을 거예요."

이렇게까지 겁을 내는 게 수향 씨에겐 우습지 않을까 싶었다. 아무래도 반백 년을 넘게 살아왔다면 이런저런 일로 많이 당했을 테고, 많이 슬펐을 것이고, 그래서 자신의 경험과 비교해 어린 나를 업신여기기도 쉬우니까. 그러나 내가 가장 우습게 보이지 않을까 싶을 때 그 사람은 고개를 저으며 내 뒤통수를 쓰다듬었다.

"한 번 비뚤어진 구석을 감각하면, 그 이전으로는 돌아갈 수가 없어."

그리고 비로소 옛날이야기를 해 주기 시작했다. 할아버지와 알게 된 사연을. 할아버지가 사라지고 나서야.

10

수향 씨는 할아버지와 정말 오래전에 알게 된 사이라고 했다. 두 사람 모두 꿈에 부풀어 비슷한 시기에 입사했다. 무서운 속도로 커 가던 기업이었고, 그때만 하더라도 회사의 시스템에 작은 불의나 실금 같은 게 보이면 서로 얼굴을 맞댄 채 나누는 술 한 잔과 담배 연기 한 모금에 삼켜 버리고는 했다고 수향 씨는 말했다.

"그런데 소화시키는 건 사람마다 다르지. 내 위장에서는 그 근심덩이들이 다 녹았는데, 누군가의 위장에서는 녹지 않은 거야."

할아버지와 수향 씨가 함께 일했던 회사는 도시의 지상과 지하와 여러 거대한 구조물을 설계하는 것에도 관여했다. 여기서 '관여했다'라는 말은, 공개적으로 말할 수 없는 수단을 써서 일의 방향을 자신들이 원하는 쪽으로 끌고 갔다는 뜻이다. 할아버지는 수향 씨보다 먼저 알아챘다. 무언가 크게 잘못되었다는 사실, 그 누구도 매끈한 도덕성이 보장된 매뉴얼을 따르며 일하지 않는다는 사실, 이 도시가 온통 그렇게 설계되었다는 사실, 그리고 자신이 그러한 일의 가장 선두에 서서 땅을 파내는 일을 지휘하고 있었다는 사실. 이대로 두면 이 도시의 모든 오수가 한곳으로 냅다 흘러갈 거라는 사실을 간파했다. 그러나 그는 이미 가정을 꾸린 후였다. 가족 모두가 할아버지만 바라보고 있었다.

오랜 세월을 참았다. 엄마가 회상하는 '서창식의 전성기'였다. 엄마의 표현을 한 번 더 빌리자면, '단단히 고장 나기' 전 말이다.

할아버지와 수향 씨가 친해졌던 이유는 간단했다. 말이 통했다. 신문을 펼친 채 눈을 감고 검지를 허공에 돌리다 기사 하나를 쿡 찍어 보면, 그 기사에 대해서 할아버지와 수향 씨는 정말이지 쌍둥이처럼 똑 닮은 논평을 해 냈다.

할아버지는 신문에서 자주 보던 우두머리가 긴 팔을 뻗어 허수아비 사장을 세우곤 기업을 키워 내는 걸 지켜보았다. 그 기업만이 워터프루프 시스템을 만들어 내는 기술을 성공시킨 건 당연했다. 배리어를 맞고 튕겨나가는 빗물의 성분이 어떻게 변하는지 책임을 지지 않아도 높으신 분들이 눈감아 준 유일한 기업이었기 때문이었다. 튕겨나간 빗방울 하나하나의 변화는 무시하고 지나갈 수준이니 무해하다고 기업은 광고했으나, 그 빗방울들이 모여 어딘가에 잔뜩 고인다면 이야기가 달라졌다. 그러나 제아무리 위험하다 한들 '보통 사람들'에게 나쁜 영향을 주지 않는 곳에 모아

둔다면 상관없었다.

통협동이 그곳이었다.

할아버지는 더는 참을 수 없게 되었다. 그리고 이걸 폭로하고 싸우면 어떨지 물었던 날 처음으로, 서창식과 이수향은 서로 다른 의견을 보이고야 말았다.

나는 그곳 사람들이 걱정돼 미치겠어. 그곳에는 물고기 하나 없이 썩은 내 나는 늪이 생길 거고 사람 몸에 해로운 벌레만이 가득할 거야. 죽음의 마을이 될 거야. 우리는 지금 멀쩡한 마을을 사람이 살 수 없도록 만들고 있어. 사람이 통과해서는 안 되는 길들을 내고 있다고. 저승 가는 길이나 마찬가지야. 이걸 사람들에게 이야기해야 돼. 무고한 사람들이 파멸할 걸 알면서 겨우 월급이나 받자고 이럴 수는 없다고.

목에 핏대를 올리던 할아버지의 말이 끝나자 수향 씨는 담담하게 대답했다.

당신에겐 '겨우 월급'이구나. 미안한데 창식 씨, 나는 싸울 수 없어. 싸움도 배가 든든해야 할 수 있거든, 근데 나는 아니야. 그리고 창식 씨, 창식 씨는 잘 모르겠지만 우리 동료들 대부분이 나와 같은 처지야. 창식 씨가 생각도 교양도 없다고 싫어하는 지혁 씨나 이문 씨, 정오 씨 다 나랑 똑같은 사람들이야. 한 달만 월급을 받지 못해도 집에서 쫓겨날 사람들이라고. 부모님이 신혼집을 사 준 창식 씨는 모르겠지만, 우리는 월급의 대부분을 한 달 방세로 내고 있어. 그 싸움을 위해서 밖으로 나앉는다면 누가 우리의 삶을 책임져 줄 것 같아? 창식 씨가? 부모님의 돈으로?

할아버지는 싸우지 않았다. 대신 어느 특정 집단의 미래를 갈기갈기 찢으며 그것이 발전이라 말하는 장면들을 견디지 못하고 천천히 말라가다가 조용히 회사를 나왔다. 함께 싸울 사람은커녕 할아버지의 생각이 옳다고 고개를 끄덕여 줄 이조차 없었다. 그리고 수향 씨는 그런 할아버지를 모르는 척했다.

"같이 말을 섞으면 내 미래를 망쳐 버릴 것 같았어. 서창식이란 사람은 부모가 돈이 많아서 저럴 수 있지만 나는 그러지 못한다고 생각했어. 나도 무언가 잘못되었다는 걸 알았지만 결국 그 의견에 동의할 수 없었어. 작은 동의 표시라도 하면 바로 나를 진창으로 끌어들일 것 같아서. 그때는 내가……."

수향 씨는 자신의 머리를 톡톡 쳤다.

"그때는 내가, 이 도시와 이 나라가 진짜로 진창, 끝없는 펄밭이 될 거라는 걸 몰랐지. 나는 너무 늦게 깨달았어."

회사를 나온 이후의 할아버지가 어떻게 서서히 부식되고 부스러졌는지 나는 그저 할머니의 옛 증언과 엄마의 비난 섞인 한탄으로만 간접적으로 유추해 수향 씨에게 전달할 수 있었다. 할아버지를 덮고 있던 가장 큰 감정은 아마 무력감이었을 것이다.

"저는 세상 산 경험이 별로 없어서, 무슨 단어로 어떻게 정확히 표현할 수 있을지 모르겠어요. 아마 이런 것일지도 몰라요. 초등학생이었을 때의 일이에요. 저희 반에 이유 없이 괴롭힘을 당하는 애가 있었는데 걔를 괴롭히고 싶지 않아서 저는 다른 애들과 놀지 않았어요. 그렇지만 그 애를 괴롭히지 말라고는 이야기하지 못했고요. 애들이 저도 따돌릴까 봐 무서웠으니까. 근데 나중에 그 사실이 문제가 되었을 때, 애들이 저를 가장 많이 욕했어요. 따돌림 당하던 그 애조차. 도움 한번 주지 않으면서 혼자 착하고 고고한 척하는 타입이 제일 꼴불견이라고……. 그 이후로 한 번도 친구를 사귄 적이 없어요. 그 애들 대부분이 그대로 같은 학교로 올라갔으니까."

"그러니."

"그 얘기를 다시 생각하니까, 엄마가 할아버지에 대해 했던 표현들이 생각나요. 엄마도 할아버지한테 그런 식으로 말했거든요."

사람들은 남의 공포를 쉽게 생각하는 것이 아닐까? 불의를 찾아냈으면 바로 싸워야 한다고 여기고, 싸우지 않으면 이상하게도 그 불의를 감각조차 하지 못한 사람에게 던지는 것보다 더 단단한 비난을 투척해 댄다. 더 큰 죄인으로 만들어 버린다.

그때, 병실의 간병 안드로이드 하나가 오작동을 일으키기 시작했다. 환자와 보호자들이 비명을 지르며 안드로이드를 덮치려고 했지만 기계는 힘이 셌다. 노인용 간병 안드로이드의 강제 종료 스위치는 일반 안드로이드의 스위치보다 더 깊숙한 곳에 숨겨

져 있었다. 뚜껑을 두 번 열고 악력을 써서 시계 방향으로 돌려야
만 했는데 대다수의 노인, 특히 병실에 누워 지내는 게 전부인 노
인들에게는 불가능하다 싶은 조작법이었다. 마침 옆 병상에 풍채
가 좋은 남자 하나가 문병을 오지 않았다면 정말로 큰일이 날 뻔
했다. 오작동을 일으켜 멋대로 돌아다니는 쇳덩이가 바늘에라도
걸리면, 링거 병을 깨뜨리면, 누구 목이라도 함부로 조르면. 남자
가 쇳덩이를 제압하고 강제 종료를 하려 노력했다. 그러나 남자
의 손이 스위치에 닿기 전에 안드로이드의 전원이 먼저 꺼졌다.
데스크에서 원격으로 중지시킨 모양이었다.

"너희 할아버지를 구하고 싶은 이유가 뭔지 물어도 될까?"

병실에 들이닥친 직원들이 안드로이드를 빠르게 분해해 실어
나가는 걸 보던 수향 씨가 대뜸 질문을 던졌다. 믿을 수가 없었다.
그렇게 당연한 걸 굳이 알려 한다고?

"할아버지가 원한 게 아니니까요. 엄마랑 아빠가 그냥 귀찮고
쪽팔리니까 그런 짓을 한 거라고요. 돈을 좀 더 내고 마음 편하게
살자 이거죠, 근데 할아버지의 동의는 전혀 없는 거예요."

"그거 말고."

"그럼 뭐요?"

"아까, 봤지."

수향 씨가 턱짓으로 문 쪽을 가리켰다.

"왜 노인을 간병하는 안드로이드는 저렇게 끄기 힘든지 아니?"

그 정도는 학교에서 배웠다.

"간병용 안드로이드는 어떤 상황에서도 사람을 살리는 것이 최우선이잖아요. 위기 상황이 많을 노인용 안드로이드는 당연히 아무나 전원을 끌 수 없게 해야 하거든요. 게다가 연령이 높을수록 익숙하지 않은 안드로이드에 반감을 가질 비율이 높아서, 이성적인 판단을 하지 못하고 자동 종료를 시킨 후 본인을 더 위험하게 만들 가능성이 커져요. 그러니까 그런 식으로 만들었죠."

이성적인 판단이라, 하고 수향 씨가 되뇌더니 두 팔로 갑자기 내 손을 잡아 자기 가슴과 배, 아마도 명치 쪽으로 끌어당겼다. 헐렁한 환자복을 입고 있었기에 정확히 명치 한가운데인지 알 수는 없었지만. 그러고는 한쪽 손을 내 손에서 떼어 낸 후 그 팔을 내 목에 둘렀다.

할아버지가 아닌 노인과 이렇게 가까이 마주한 것은 처음이었다. 아니, 할아버지와도 마찬가지였다. 할아버지는 절대 나를 오래 껴안지 않았으니까. 마치 무언가를 나에게 옮길 사람처럼 굴었다. 엉덩이를 쭉 빼고, 내 피부와 당신의 팔 사이에 얇은 공책한 권이 몸을 비집고 들어갈 만한 틈을 언제나 남겨 두곤 했다. 그걸 나는 이제 알았다. 수향 씨가 나를 짓누르듯 안고 있었기 때문에 비로소.

수향 씨의 목덜미와 귓바퀴 뒤에서 처음 맡는 역한 냄새가 났다. 나는 수향 씨에게 숨 참는 걸 들키지 않기 위해 무진 애를 썼다.

11

환자복을 벗은 수향 씨는 아주 왜소해졌다. 키는 분명히 나보다 크고 자세도 꼿꼿했지만, 거죽이 뼈에 딱 붙어 있었다.

길을 떠나기 전 수향 씨와 밥을 먹었다. 나는 내가 돈을 내겠다고 고집을 피울 준비를 다 해 놓고 있었다. 엄마에게는 조모임을 하러 간다고 말했으므로 카드 사용 내역에 카페 같은 건 찍혀도 의심을 받지 않을 것 같았다.

커피를 마시고 채소가 잔뜩 들어간 샌드위치도 먹었다. 잠시 고민하다가, 과일이 들어간 샐러드까지 추가로 시켰다. 어쩌면 엄마가 내게 말했던 할아버지와의 데이트란 게 이런 것인지도 모른다. 그러나 과연 할아버지가 이런 걸 좋아할까? 사치라고 여길지도 몰랐다. 특히 그 장소, 통협동을 할아버지와 함께 다녀온 이후엔 더 그렇게 생각하게 되었다.

죄의식이라는 게 서서히 생겨났다.

분명 할아버지가 혼자서 통협동이란 장소를 만들어 낸 건 아니었다. 통협동을 도시의 오염 물질이 모여들어 질척이는 장소로 만든 것은 거대한 자본을 등에 업은 기업, 그리고 깨끗한 도시만을 주요한 과제로 삼던 국가다. 그런데 정작 위에서 지시한 사람들이, 또 같이 일한 사람들이 가지지 않는 죄책감을 할아버지 혼자 떠안고 있었다. 아빠와 엄마는 그 죄책감을 이해하지 못하고, 끝내는 노망이라는 딱지를 붙였다.

수향 씨는 샌드위치를 조금 깨작거렸지만 과일에는 손도 대지 않았다. 나는 테두리가 갈변하기 시작한 사과 조각에 소스를 듬뿍 묻혀 먹었다. 사과는 식감이 특이하고 포만감이 커서 내가 좋아하는 과일이다. 소스를 더 맛있게 느끼게끔 해 주는 식재료가 몇 있는데 사과가 내겐 그렇다. 과육이 담백하다. 소스 없이는 영 밍밍해서 별로 먹고 싶지 않은 맛이긴 하지만.

옛날엔 사과가 달았던 적도 있었다고 한다.

"심장이 뛴다. 커피를 워낙 오랜만에 마셔서 그런가."

수향 씨는 그렇게 말하고서는 주변을 자꾸만 두리번거렸다. 나는 문득 수향 씨의 귓바퀴 뒤에 코를 박고 냄새를 맡고 싶어졌다. 오늘도 그 냄새를 풍길까? 커피 냄새가 가득해서 알 수 없었다.

오늘 수향 씨는 하얀 머리카락을 귓바퀴 뒤에 가지런히 꽂고 나타났다. 머리카락에 아직도 마르지 않은 빗방울이 달려 있었다.

"다 드셨으면 가요."

나는 남은 샐러드를 입에 꾸역꾸역 집어넣었다. 아주 어렸을 때부터 엄마가 한 교육 때문이다. 채소와 과일은 비싼 것. 맛있는 것. 좋은 것.

아마 그곳에 다녀오면 지난번처럼 한동안 제대로 식사를 하지 못할 것이기에 일부러 조금이라도 더 먹어 두려 나도 모르게 애쓴 것일지도 모른다.

*

할아버지와 통협동에 갔을 때.

냄새도 냄새였지만 무엇보다 나를 소스라치게 만든 건 사람들의 피부였다.

햇빛을 제대로 못 본 이들의 얼굴은 모두 파리하고 창백한 빛을 띤다. 내 또래로 연령이 내려올수록 그 양상은 심해지기 마련이다. 그러니 일광욕 센터에서 주기적으로 관리해 잘 구워진 갈색 피부가 미남, 미녀의 필수적 요소인 것이다. 부의 척도 중 하나이기도 하고.

그러나 그곳에 있는 아이들의 얼굴은 창백하지도 까무잡잡하지도 않았다. 그곳에 있는 아이들의 얼굴은 어떤 색이라고 규정할 수가 없었다.

온통 무늬로 가득했기 때문이다. 그 얼굴을 한 아이들이 내 할아버지에게 가서 찰싹 달라붙었다. 나는 어린 아이들이 얼굴을 할아버지의 팔에 부빌 때마다, 그 무늬가 할아버지의 팔에 옮겨가지는 않을까 공포에 질린 채 바라보아야 했다.

우기의 시작에 대한 이야기는 역사책에도, 과학책에도 나온다. 그때 얼마나 많은 혼란이 있었는지, 그리고 그때로부터 지금까지 어떠한 기업과 높은 사람들이 나서서 이러저러한 공적을 세워 사람들이 삶을 피해 없이 영위하는 데 도움을 줬는지. 별로 어려운 내용은 아니다. 외울 것도 많지 않다. 시험에서는 가장 낮은 배점의 문제로 출제된다. 틀리면 바보 취급을 받는, 거저 주는 그런 문제다.

그러나 그 어느 책에도 얼굴에 무늬가 생겨나는 사람들에 대한 이야긴 없었다. 우리는 그저 지대가 낮을수록 땅값과 집값이 싸다는 사실 정도만 알았다. 그건 물 흐르듯 자연스러운 현상이라고 어른들은 말했다. 비가 이렇게까지 오니 비에 피해를 덜 받는 지역의 집값이 오르는 게 당연한 이치라고. 그러나 통협동은 그런 논리로조차 해석될 수 없는 곳이었다. 그냥 물이 아니라 오수를 의도적으로 한곳에 몰아넣는다면? 배수 시설이 거의 마련되어 있지 않던 통협동에 모여든 물은 고지대의 사람들이 헤치고 지나다니는 물과는 성분이 전혀 다르다는 사실도, 통협동이 우기 시작 후 3년 만에 거주금지구역으로 지정되었다는 것도, 그리고 거주가 금지된 시점부터 통협동에 살기 시작한 사람들은 3년 전 비가 처음 내리기 시작하던 때의 거주민들과는 다른 사람들이란 정보도, 책에든 인터넷에든 전혀 언급되지 않았다.

"내 손녀란다. 이름은 박혜인."

할아버지가 나를 인사시켰다. 할아버지의 팔뚝에 딱 달라붙어 있던 아이 하나가 몸을 배배 꼬더니 말했다. 예쁜 누나다요, 할아버지.

가족이 아닌 이에게 예쁘단 말을 들은 건 난생 처음이었던 것 같다. 곧 아이들이 여럿 모여 질세라 내 얼굴을 바라보았다. 그 눈빛들이 또랑또랑하고 맑았다고 말하고 싶다. 그럴 수 있다면 정말 좋을 터였다. 그러나 눈동자는 온통 벌겋게 충혈된 채였고 진득한 눈곱이 눈가뿐 아니라 속눈썹에까지 주렁주렁 매달려 있었다. 잔뜩 울긋불긋해진 작은 뺨들을 보기 힘들어 나는 질끈 눈을 감았다.

여기서 구심점 노릇을 하고 있는 애가 있는데 한번 만나보라며, 할아버지는 약간 떨어져 서 있던 한 아이를 불렀다. 키나 덩치가 나보다 왜소했고 머리까지 길어서 여자애인 줄 알았다. 입을 열기 전까지는.

"안녕. 나는 성여민이라고 하는데."

그제야 목 앞까지 들러붙은 긴 머리카락이 봉긋 솟아있다는 사실을 알아챘다. 목소리가 굵고 낮았다.

"서가 할아버지한테 얘기 많이 들었어."

서가 할아버지. 그 호칭이 너무 낯설어 눈만 굴리고 있는데 성여민이 다시 덧붙였다.

"할아버지 손녀라고 해서 꼭 할아버지처럼 나를 좋아하라는 법은 없으니까, 날 혐오해도 돼. 많이들 그러니까."

전혀 상상하지 못한 말이라서 나는 정말 깜짝 놀라고 말았다.

＊

그날 집에 돌아와서 나는 통협동을 검색했다. 엄마와 아빠에게 무언가 검색해 보는 것을 들킬 일도 없고 할아버지에게 내가 나약하게도 충격받았다는 사실을 드러내지도 않을 수 있는 아주 깊은 밤이었다. 결과는 없었다. 성여민의 이름을 쳤다. 당연히 아무것도 나오지 않았다. 그래서 이번에는 '서울 수재민 빈민' 따위를 쳐 보았다. 우기가 시작되던 시기의, 오래된 기사밖에 검색되지 않았다. '비로 집을 잃은 사람들'이라 쳤더니 다른 나라 사람들 이야기만 잔뜩 나왔다. 이제는 사라진 태평양의 무슨 섬에 살던 주민들 이야기, 혹은 선진국이라는 서양 어딘가에서 빗물을 막아 주는 터널에 모여 산다는 사람들을 취재한 르포 기사. 우스운 일이었다. 우리나라에도 똑같은 사람들이 있는데, 심지어 상황이 더 심각한데, 어디에서도 정보를 찾아볼 수가 없었다. 나는 기사 사진 속, 터널에 모여 산다는 백인들의 얼굴을 하나하나 들여다보았다. 성여민처럼 무늬가 있는 얼굴은 하나도 없었다. 검은 때가 묻었을지언정 피부에 돌이킬 수 없는 무언가가 새겨지지는 않았다.

성여민의 긴 머리는 가발이었다. 가끔 동네 밖으로 나갈 때 붉은 무늬를 가리기 위해서 착용한다고 했다. 필요할 땐 여자아이 행세를 하기에도 좋다면서. 가발을 벗자 빡빡 깎은 머리가 드러났다. 두피에도 무늬가 있었다.

"옮는 건 아니니까 걱정하지 마."

성여민은 아무렇지 않은 표정으로 설명했다.

"엄마 배 속에 무슨 바이러스가 침입하면 이렇게 된다나 봐. 여기서 태어나는 애들 거의 대부분이 그래. 이유는 모르고. 낫는 법도 모르고. 그냥, 타고난 화상 같은 거라고 우리는 생각하고 있어."

그 깊은 밤, 그 이른 새벽에 차라리 할아버지에게 가서 귀에 대고 속살거렸어야 했다. 할아버지, 그곳에 대해 더 알려 줘. 비가 오기 전 그곳은 어떻게 생긴 곳이었어? 지금 그곳에 모여든 사람들의 뿌리는 어디야?

성여민은 무얼 먹고 살아? 성여민은 학교엘 가? 성여민은 나중에 무슨 일을 하고 싶을까? 성여민이 무슨 대학 무슨 과에 간다고 하는지 혹시 알아? 성여민은 자기 동네를 떠날 생각이 없대?

할아버지, 성여민은 무늬 때문에 얼굴이 쓰라리거나 아플까? 그러지 않았으면 좋겠는데.

그러나 나는 아무것도 묻지 않았다. 어긋난 자존심 때문이었다. 나도 그런 비극이 존재할 거라는 사실 정도는 상상해 봤다고, 이 끔찍한 빗줄기가 내가 사는 아파트를 망가뜨리지 않고 있으니, 당연히 어딘가로 그 물이 흘러가 고일 거라는 고려 정도는 해 봤다고 거짓말을 하고 싶은, 올바른 사람처럼 보이고만 싶은 못생긴 내 욕심 때문이었다.

12

그래도 나는 방향 감각 하나는 타고나서 한 번밖에 가지 않은 길을 잘 찾았다. 어쩌면 할아버지를 찾으러 겁도 없이 다리 밑을 헤집고 다닌 날들이 많았기 때문인지도 모른다.

"그런데 여기 들어가면 배리어가 금방 무효화돼요."

내가 말하자 수향 씨는 아마도 그럴 거라고 예상했다며 고개를 끄덕이곤 덧붙였다.

"서창식 씨한테 미안하네. 누비스가 얼마나 유해한지를 알면서도 끄질 못하는 게."

나도 마찬가지였다.

나는 문을 잡아당겼다. 문은 그날처럼 쉽게 열렸다. 통협동 사람들은 문을 잠글 필요가 없었다. 아무도 외부에서 들어오려 들지 않으니까. 그 사실을 가끔 떠올리면 나는, 그곳에 주렁주렁 걸려 있을 보이지 않는 자물쇠들의 외양을 가만가만 그려 보았다. 무겁고, 잔뜩 녹슬었으며, 보기 싫은 색으로 칠해진, 라벨도 물에 불어 떼어졌고, 열쇠 구멍에는 작은 집 거미가 드나드는 자물쇠. 사람들이 각자 하나씩 채워 놓고서는 열쇠를 넘쳐흐르는 강물에 던져 버린, 그런 잠금장치를.

"누구야!"

별안간 벌이 쏘듯 강한 랜턴 빛이 눈으로 들어왔다. 눈을 감지 않았더니 눈물이 났다. 잠시 아무것도 보이지 않더니, 곧 매일같이 기억 속에서 그려댔던 얼굴이 서서히 뚜렷해졌다. 왼쪽 눈 아래 볼에 그어진 물감 자국을 닮은 두 개의 짧은 선, 오른쪽 눈을 반으로 자를 듯 세로로 가로지르는 날카롭고 기다란 흉터, 그리고 툭 튀어나온 목의 울대 아래서 시작해 귀를 지나 동그란 정수리로 올라가는 실뱀 여러 마리.

"서가 할아버지 손녀?"

내 이름은 박혜인인데, 하고 말했지만 들은 척도 안 하고 성여민은 수향 씨에게로 랜턴의 방향을 옮기고는 고개를 갸웃거렸다.

"할아버지……가 아니시네요?"

∗

"햇살가득노인지원센터라면 여기서 모르는 사람이 없을 거야.

여기서 센터 일 안 해 본 사람이 거의 없을 거거든."

성여민이 말했다.

"그곳에서는 간병 안드로이드 값보다 인건비가 더 저렴한 사람들을 써. 최저 임금을 주지 않아도 괜찮은 사람들. 그런데 우리 입장에서는 센터에 들어가는 게 가장 좋은 일자리인 거나 마찬가지야. 왜냐하면, 센터의 노인들은 입이 험하지만 손은 그렇지 못하거든. 피차 버려진 사람들이라. 우리는 나라에게 버려졌고, 센터 노인들은 헐값에 내쫓긴 사람들이나 마찬가지야. 노인들은 우리한테 얼굴 보기 싫다고, 징그럽다고 입으로만 화를 내고 욕을 할 뿐 어떤 해도 끼치지 못해."

"그럼 여기 어른들은 거의 센터에서 일하는 거야……?"

내가 묻자 성여민은 대답했다.

"더 많이 어려운 집에서는 애들도 센터 일 많이 해. 대신 출근해서 상주하는 일은 잘 안 하고, 여기서 할 수 있는 아르바이트를 하지. 예를 들어 나처럼 도시락 배달하는 거랄까."

"도시락?"

"센터 노인들 삼시세끼. 다 여기서 만들어서 가. 웃기지 않냐? 위생 상태가 엉망인 곳에서 도시락을 납품한다고 기사가 한 번 난 적 있어. 노인을 센터에 집어넣은 보호자들이 발칵 뒤집혀서 난리를 피웠다? 무슨 국회의원도 있고, 유명 연예인도 있고, 그랬는데. 그런데 그렇게 난리 피우면서 정작 고소를 한다거나 하는 일은 전혀 없었어. 펄펄 뛰는 척하다가, 사람들의 관심이 사라지고 나니까 슬그머니 끝내 버린 거야. 이미 버린 부모가 뭘 먹든 그 사람들한텐 중요한 게 아니니까. 어차피 그 부모는 노환으로 정신이 온전치 못하다고 판정받았고, 정신이 돌아올 리 없으니 재가 되기 전에는 센터에서 나오지 않을 테니 말이야. 그 사람들이 센터에서 나오지 않아야 자기들 생활이 깔끔하고."

"깔끔……?"

"사람들이 그 깔끔이란 개념 하나에 죽어라 목을 매게 된 게 언제부터일 것 같아?"

성여민이 묻자 그때까지 아무 말도 하지 않던 수향 씨가 나 대신 먼저 대답했다.

"비가 내리고 나서부터지."

성여민이 고개를 끄덕였다. 수향 씨가 다시 말을 이었다.

"악취, 세균, 곰팡이, 습기. 그런 것들에 대한 증오가 점점 커져서 마침내 사람까지 싸잡아 미워하게 되면서부터. 돈이 없거나 나이가 들었거나 몸이 불편하거나, 하는 이유로 매끈한 상태를 유지하지 못하는 사람의 존재를 불편해하는 정도를 지나서, 비난하고 매도하고 마침내 깔끔한 생활을 위해 제거하기에 이르는 거야. 마치 행주로 식탁 훔치듯 그렇게 만들어 버리는 거지."

아빠를 생각했다. 할아버지를 앞에 두고 내내 엄마에게만 말을 하는. 엄마에 대해서도 떠올렸다. 남들의 시선을 생각하느라 아주

94

예전부터 할아버지가 양로원에 있다고 거짓말을 하도록 시켰던. 식탁 위의 채소를 생각했다. '클린하다'는 말을 입에 달고 사는 엄마가 과시하는 식단.

할아버지가 끼니로 먹는다는 도시락은 어떤 음식이 어떤 모양새로 담겨 있을까? 채소는 없을 것이다. 나는 세계 전쟁을 다룬 역사 소설 같은 곳에서 봤던 죽 따위를 떠올렸다. 손톱보다도 작고 나무껍질보다도 질긴 고기 몇 조각만이 둥둥 떠다니며 역한 냄새가 나는 묽은 미음 같은 것 말이다.

그나저나 이곳 사람들이 센터에서 많이 일한다면 누군가는 할아버지를 보지 않았을까? 할아버지는 통협동에서도 얼굴이 꽤 알려졌을 테니까. 내가 묻자 성여민은 고개를 저었다. 통협동의 사람들끼리도 이런저런 반목이 있어 왔기 때문에 아이가 아닌 어른들끼리는 교류가 많지 않다고, 할아버지가 센터에 수용되었다는 사실은 나에게서 처음 들었다고 했다.

"반목?"

"다들 여길 벗어나는 게 꿈이니까. 통협동에서 밖으로 이주하는 사람들한테 서울시에서 성형 수술비를 지원하거든. 향후 20년간 돌아오지 않는 걸 조건으로 해서. 예전에는 많이들 나갔대. 하지만 이주한 사람들이 무슨 돈으로 어떻게 통협동 밖에서 살겠어? 게다가 수술 성공률이 높지도 않았어. 재발이 잦았고 심각한 부작용도 많았어. 그렇게 몸이 상해 버리는데, 통협동에조차 돌아오지 못하는 거야."

나는 할아버지가 있던 다리 밑에서 나를 빤히 바라보던 남자를 떠올렸다.

"……그럼 서울시에 항의를 해야 하잖아. 수술이 잘못될 가능성이 있으면."

그러나 성여민의 말은 달랐다.

"그래서 반목이 생겼단 거야. 서울시에 항의하자는 어른들이 있었고 그걸 용납할 수 없는 이들이 또 있었지. 반대론자들은 주장했어. 항의하면 아예 그 기회가 사라질 거라고. 재발이 잦아도 아예 성공하지 못한다는 뜻은 아니니까. 통협동을 탈출하는 데 성공하는 사람들이 드물게나마 있었거든. 그 희망마저 없애 버리는 거냐고 물으니까 할 말이 없더라고."

"그럼 너는, 항의하는 입장이었구나."

성여민이 고개를 끄덕였다.

"나는 그렇게 부작용이 많은 수술을 아무렇지 않게 시켜 준다는 것 자체가 우리 존재를 부정하는 거라 생각하거든. 아니, 통협동 자체를 부정하는 거라 생각했어. 이런 일이 생긴 건 그들 때문인데 근본적인 원인을 고치지 않고 개개인을 입막음하는 꼴이니까."

머리 아파. 그때 나는 통협동의 이 문제가 내 것이 아니므로 급하지 않다고 여겼다. 그러니까, 나도 결국 통협동 사람들의 비극

은 멀리 떨어뜨리고서는 내 일밖에는 신경을 쓰지 않는 이기주의
자였다는 말이다.

나는 즉시 할아버지 일로 화제를 돌렸다. 나중에 몇 번을 돌이
켜 봐도 부끄럽고 후회되는 행동이었다.

"나, 할아버지를 탈출시킬 거야. 데리고 나올 거야."

성여민은 내가 통협동 이야기에 큰 관심을 가지지 않을 거라고
이미 예견했던 모양이다. 모시고 나오면, 그 다음엔? 하고 바로
물은 걸 보니.

"어차피 너희 부모님이 먼저 버린 거야. 그러니 너희 집에 들어
가는 건 서가 할아버지한텐 지옥보다도 못한 일이 되겠지. 그렇
다고 해서 다시 다리 밑으로 가신다면 그 다음엔 더 폐쇄적인 곳
으로 다시 보내질지도 몰라."

나는 발끝을 내려다보았다. 한 5분 전부터 양말이 축축해지고
있었다. 배리어가 무너진 모양이었다. 집에 돌아가기 전에 신발을
버려야 했다. 안 그러면 할아버지도 없이 이곳에 왔다는 걸 들킬
거였다. 엄마는 펄펄 뛰다가 가슴을 부여잡고 뒤로 넘어갈지도
몰랐다.

"여기서 지내시는 건……."

내가 묻자 성여민이 팔을 들어 자기 목의 자국을 손바닥으로
훑었다. 눈꼬리가 처졌다. 그건 이미 많이 몸이 약해진 할아버지
에게는 좋지 않아. 성여민이 단언했다. 이곳에 나이든 사람이 없

잖아. 티 나지 않아? 많이들 일찍 돌아가셔서. 내 또래 애들처럼 태어날 때부터 이런 환경에 노출된 사람이 아니라면 오래 버티기는 힘들어.

나는 수향 씨의 발을 내려다보았다. 이미 배리어가 무너진 지 오래인 듯 수향 씨의 신발 역시 새까맣게 물들어 있었다. 수향 씨의 열 발가락이 그 안에서 꼼지락거리며 움직였다. 수향 씨는 옅은 노란색 양말을 신고 있었는데, 신발의 외피가 많이 해졌다는 걸 나는 그제야 알아챘다. 엄지발가락 쪽에 노란색 천이 비쳐 보였다. 젖은 발은 차가워질 것이다. 왜 입원해 있었는지는 잘 모르겠지만 여하튼 완전히 건강하지는 않을 노인인 수향 씨에겐 그어떤 세균이나 더러움보다도 빗물과 습기, 한기가 더 치명적일 것이다.

그런 걸 잘 예상하고, 보호하고, 살피고, 막아 주는 사람이 되고 싶었다는 것을 그때 퍼뜩 깨달았다. 어쩌면 이미 늦은 것이 아닐까, 하는 자각이 뒤를 이어 밀려왔다. 차라리 파도 같았으면 모르겠는데, 딱 수향 씨의 발을 물들인 진흙탕 같은 자각이었다.

"어떻게 해야 할지 모르겠어."

나는 속삭였다. 누가 벌겋게 달군 집게로 가슴을 꼬집는 것 같이 아팠다.

남이, 특히 같은 반 아이들이나 담임 같은 사람이 본다면 우습기 그지없는 일이었다. 나는 평소에도 '별생각 없는' 아이였다. 영화감독이 되고 싶다는 소망은 다른 애들의 비웃음을 살까 봐 입 밖에 내지도 못하고, 독서 기록장 같은 것도 모범생 애들이 쓰는 양의 절반 정도밖에는 쓰지 않고, 엄마가 등록한 대로 학원 뺑뺑이를 돌고, 남는 시간에는 재미있는 영화를 보는 정도의 그런 아이. 몇 년째 친구도 없는 그런 애. 이제 와 누구 앞에서 내가 할아버지나 수향 씨, 무서운 센터의 존재나 성여민의 얼굴에 새겨진 무늬 따위에 대해 논한다면 사람들은 뭐라고 나를 평가할까?

그때 수향 씨가 입을 열었다.

"여민아."

"네?"

"아마 서창식 씨는 통협동에서 지내는 게 좋을 거다. 받아주기만 한다면 말이야."

"근데 정말로 많이 힘드실 거예요. 다리 밑이랑은 또 달라요, 거긴 그래도 마른 땅이 대부분이잖아요. 저는 서가 할아버지가 몸 안 좋아지고, 힘들게 사는 건 바라지 않아요."

성여민의 말에 수향 씨가 한 대답을 나는 아마 잊을 수 없을 것이다.

"세상에는 몸이 온통 마음으로만 이루어진 사람들도 있단다. 그 어느 곳에 있어도 마음이 편하면 되는 사람들. 그런데 대부분은 다 썩어서 죽어. 세상에서 그게 아니라고 하니까. 당신 그렇게 사는 거 아니라고 가르치니까 정말로 그런가 보다, 내가 빨리 이

걸 고쳐야 하나 보다, 그래야 행복해지나 보다 생각하고 계속 자신을 다그치는 거야. 그러다 죽어, 그냥."

비가 점점 거세지고 있었다.

13

"집에 안 가도 되니?"

"친구 집에서 수행평가 한다고 했어요. 성적이나 공부 관련된 거면 뭐든 오케이거든요."

"어떻게 그렇게 거짓말이 술술 나와 그래."

"엉덩이 두 짝까지 성분 분석하면 마음 100퍼센트인 사람이라서요."

성여민이 벌떡 일어나더니 두 손으로 허공을 휘저으며 궁시렁거렸다. 아이씨, 진짜. 냄새도 너무 나고 벌레도 많고 진짜. 내가 맨날 청소를 해도 진짜, 끔찍하다 끔찍해 진짜.

우스운 말이었다. 냄새야 당연한 거고 벌레는 어딜 가든 창궐하는데. 나는 성여민의 목덜미가 점점 붉게 물드는 것을 구경했다. 구불구불한 자국이, 불길 어딘가에서 걸어 나온 샐러맨더 같왔다. 목에는 불에서 태어난 도마뱀을 키우고 있으면서 정작 또래 여자애가 엉덩이라는 단어 하나 내뱉었다고 쩔쩔매다니. 우리 반 애들은 얼마나 입이 험한데…….

우리 반 애들과 성여민을 속으로 비교해 보았다. 비가 끊이지 않고 내리는 도시는 온통 지붕과 벽으로 덮여 있었다. 어둡고 습하고 좁은 곳이 많아 일탈이 쉬웠다. 물론 단속도 용이했다. 불결한 빗물이 고여 있지 않은 위치만 순찰하면 되었기에. 더러운 곳은 아무도 가려 들지 않으니까. 일탈이 발각되고 난 후의 기억들은 쉽게 폐기되었다. 모두가 한결같이, '사고'가 나지 않았음에 감사하며 해프닝을 마무리 지었다. 흐르는 빗물은 모든 흔적을 쉽게 씻어 냈다. 과오와 책임도 함께 녹아들었다.

어느 생태학과 교수라는 사람이 '과보호로 인한 불감증의 세대'라고 우릴 규정한 적이 있었다. 무균과 청결에 집착하는 상태에 오래 머물러 충동을 제어하는 통제력과 자신의 행동에 대한 책임감을 키우지 못했다는 이야기였다. 무슨 잘못을 저질렀든 무조건 깨끗하게 물청소를 해 버리면 그만인 세대.

성여민은 나의 면역력을 못내 걱정하는 모양이었다.

"조금이라도 몸 아프면 꼭 말해라, 참지 말고. 우습게 볼 거 아니야."

"여기 사는 애들한테는 그런 말 안 하잖아."

내가 말하자 성여민은 나를 멀뚱멀뚱 응시했다.

"당연하지."

"왜 당연해?"

"통협동 밖에 사는 애들은 다 약골이야."

만약 우리 반 애들에게, 이렇게 남루한 곳에서 사는 아이가 이런 말을 했다고 말한다면 어떤 반응이 돌아올까? 굉장히 기분 나빠하겠지.

그러나 나는 성여민이 부러웠다. 어리고 약하고 약은 나와 다르게, 동갑의 성여민은 멀쩡한 어른 같았다. 엄마나 아빠 없이 혼자만의 공간에서 하루하루를 꾸려나가는 것도, 일을 하며 돈을 버는 것도, 빗물이 어디에 묻든 상관하지 않고 숨을 쉬는 것도, 그리고 같은 공간의 사람들에게서 어린애가 아니라 1인분의 완성된 인간으로 대우를 받는 것도.

성여민이 사는 방에 오는 동안 많은 사람을 지나쳤다. 몇몇은 눈썹을 올리고 표정으로 무슨 일인지 물었다. 위협적으로 구는 사람들도 있었으나 어쨌든 모두가 성여민의 말을 먼저 들었다.

내가 만약 성여민을 우리 동네에 데리고 가면 어떻게 될까. 나는 궁금했다. 아마 지나가는 어른이 신고를 할지도 모른다. 동네에서는 내가 누군지 알고 있으니까 바로 엄마에게로 전화를 걸어 혜인이가 이상한 아이와 함께 있다고 할지도. 내가 무슨 판단을 해서 어떤 이유로 그 애와 발을 맞춰 걷고 있는지는 중요하지 않을 것이다.

＊

"……그래서 이쪽으로 모셔오면 나가는 게 쉬워요. 이쪽엔 직원이 거의 상주하지 않는 거나 마찬가지고, 멀리 있어서요."

"그럼 나는?"

내가 물었다.

"나보고는 멍청이처럼 면회실에서 가만히 눈깔이나 굴리고 있으란 거야?"

성여민의 샐러맨더가 또 꿈틀거리더니 내게만 호된 말들을 뱉었다. 복화술을 하는 것처럼, 입도 몸도 움직이지 않고 가만히.

"너는 잘못되면 안 돼."

"우리 할아버지를 찾아오는 거야, 너희 할아버지가 아니라. 그리고 나, 뒤에서 머물러 있고 싶지도 않고. 애도 아니고. 나 너랑 동갑이야. 애 취급 좀 하지 말아 줄래?"

성여민이 뭐라 입을 열려고 하자 수향 씨가 빠르게 먼저 말을 막았다.

"그래, 혜인이가 필요해. 생각해 봐라, 여민아. 당연히 그럴 가능성이 아주 큰데 말이야, 네가 만약 붙잡히고 서창식씨와 피 한 방울 안 섞인 애라는 것이 밝혀진다면? 통협동에 사는 아이가 센터에 수용된 돈 많은 노인을 빼돌리려 했다? 과연 센터는 뭐라고 생각할까? 경찰은?"

수향 씨는 옅게 웃으며 덧붙였다. 장기 매매라고는 생각 안 하겠지, 오래된 노각처럼 늙어 비틀어졌으니까. 수향 씨의 말에 성여민은 노각이 무어냐고 물었다. 나도 노각이 뭔지는 몰랐지만 입을 꾹 다물었다.

원래 성여민의 계획은 이랬다. 내가 할아버지 면회 신청을 한 후 면회실에서 소동을 일으켜 슬그머니 할아버지를 빼내는 것. 센터의 면회실은 카페처럼 꾸며져 있다고 했다. 센터에서 유일하게 음식물을 '먹을 만한' 혹은 '사진으로 찍어도 잘 나올 만한' 모양새로 담아 주는 곳으로, 노인을 버린 사람들의 죄책감을 덜어 주는 훌륭한 장소라고.

어쨌든 면회실 역시 음식을 다루는 곳이었으므로 통협동 사람들의 납품을 받았다. 그리고 성여민은 배송 담당이었다. 오전 일찍 들어가 그날 예약된 면회의 횟수만큼 음식을 가져다 놓고는 부리나케 떠났다. 지금까지 한 번도 지각을 하거나 문제가 생긴 적은 없었다고 했다. 3년 정도를 그렇게 쭉.

"그러니까 이제 한 번은 펑크 날 때도 됐지."

성여민은 아무것도 아니라는 듯 말했다.

내가 손녀 자격으로 면회 신청을 하고, 할아버지가 면회실에 들어올 때쯤 성여민이 지각 납품을 하러 면회실로 들어간다. '혐오스러운' 성여민의 얼굴을 본 내가 펄쩍 뛰며 사무실에 가서 소동을 피우면 그 틈을 이용해 성여민이 할아버지를 납품용 카트

에 신고 도망친다. 거기까지가 성여민의 계획이었다. 센터에는
CCTV가 몇 군데 있지만 면회실에는 없다고 했다. 프라이버시를
지키기 위해서라나.

하지만 그 계획에는 문제가 많았다. 일단 할아버지가 실종되는
것이나 마찬가지니 센터는 발칵 뒤집힐 것이다. 엄마와 아빠는
할아버지를 센터에 버렸지만 대외적으로는 좋은 딸, 좋은 사위여
야 하므로 얼른 경찰에 신고를 할 것이다.

그러나 그것보다 더 큰 문제는 내 마음이었다. 나는 그런 사람
이 되고 싶지 않았다. 성여민에게 나쁜 말들을 뱉고 싶지 않았다.

"그럼 나는 그냥, 할아버지 뵈러 왔다가 아무 잘못 없는 남의 얼
굴 보고 진상을 부린 다음 협박당해서 할아버지를 인질로 내 주
는 그런 개새끼 역할인 거잖아."

"연기라고, 연기."

"아니. 절대 싫거든."

그 계획을 따른다면 당연히 몸은 편할 것이다. 모든 힘든 일은
성여민이 도맡는다. 나는 공식적으로는 피해자다. 그러나 내 마음
이 불편했다. 나도 무언가를 하고 싶었다. 움직이고 싶었다.

결국 또 수향 씨가 내 편을 들어 주었다.

"그래, 그리고 그 계획에는 나도 없잖니."

수향 씨는 말했다.

"늙었다고 따돌리려는 건 아니겠지."

"그런 거 아니에요!"

"하지만 그것 말고도 또 문제가 있어. 서창식 씨 병상이 비면 단박에 보호자에게 연락이 갈 텐데, 언젠가는 결국 꼬리가 잡히지 않겠니? 게다가 손녀를 데리고 통협동에 간 것 때문에 센터로 끌려간 사람이라면 더더욱."

"······그렇죠."

더 좋은 계획이 필요했다.

14

"유진이네 집에서는 아침으로 뭘 먹디?"

엄마가 물었다. 나무 그릇 안이 온통 색으로 가득했다. 초록색, 붉은색, 보라색, 노란색. 오늘은 연어까지 같이 담겨 있었다. 생선은 아주 비싸다. 식용으로 적합하다는 판정을 받기도 힘들고, 유통도 어렵기 때문이다. 엄마가 의자 위로 올라가 나무 그릇 세 개의 사진을 한 번에 찍었다.

"별거 없어."

엄마를 기쁘게 만드는 방법은 간단하다. 남들을 헐뜯으며 엄마를 치켜올리기만 하면 된다.

"그냥 씨리얼에 소시지."

"어머. 채소 하나도 없이?"

"유진이가 자기는 채소 사나흘 내내 안 먹을 때도 많대."

"걔네 집 어딘데?"

"엄마는 몰라?"

"유진이란 애 엄마를 학부모 회의에서 본 적이 없는데."

엄마의 입가에 미소가 슬그머니 번지더니 소파에 있는 아빠를 불렀다. 오빠! 들었어? 세상에, 어떻게 그렇게 먹고 살지?

아빠는 대답했다. 정말 여보 만한 사람이 세상에 없는 거지, 뭐, 하고. 나는 포크로 푸성귀를 찍어 입에 집어넣고 씹었다.

"그래도 그 유진이란 친구 덕에 우리 혜인이가 의사 되겠다는 생각을 다 하고. 그치, 오빠?"

"여보, 그런 얘기 하지 마. 내일 되자마자 또 바뀔 수 있는 게 중학생 장래희망인데. 부담 주면 큰일 난다."

"그냥 좋아서 그러지. 우리 혜인이, 커서 뭐 되겠다는 말은 거의 한 적이 없는데. 오빠도 솔직히 그것 때문에 걱정 많이 했잖아. 괜히 또 나만 악역 만들려고 그러지?"

엄마는 아빠의 팔뚝을 살짝 때렸다. 그렇다. 아빠는 잊을 만하면 나에게 좋아하는 것이 뭐냐, 꿈이 뭐냐, 끝없이 물어대곤 했다. 좋아하는 것이 없으면 큰일이라도 날 것처럼. 아빠가 꿈꾸는 당신의 완벽한 삶에, 그 어느 것에도 미적지근하기만 한 딸내미란 허용되지 않는 게 분명하다. 그러나 이렇게 끝없는 비가 당연한 세상에서 무언가를 좋아할 수가 있을까?

"유진이는 수질 오염으로 병에 걸린 사람들을 치료하고 싶대."

나도 모르게 나온 거짓말이었다. 유진이에게 조금 미안했다. 유진이는 배우가 되겠다고 연기 수업받으러 다니느라 학교도 거의 오지 않는다. 그러니까 엄마는 유진이도, 유진이네 엄마도 만날 일이 없는 데다가 내가 숙제 때문에 유진이네 집에서 자고 왔다는 거짓말을 했다는 사실도 모를 수밖에 없다.

"그리고 유진이가 나보고 학술 소논문 하자는데. 같이하고 싶어. 유진이한테 배울 부분 많을 것 같아. 유진이가 벌써 엄청 많이 준비해 놨더라고."

엄마보다 아빠가 더 빨리 반응했다. 혹시 그 논문이 수질 오염 관련이니?

"아니. 이번 거는 그건 아니고. 지나친 학습열에 지친 또래의 심리 연구. 그래서 유진이가 꼭 나랑 하고 싶대. 우리 반에서 엄마 아빠처럼 자유롭게 풀어놔 주고 존중해 주는 집에서 큰 애가 없거든. 나 아니면 객관적인 눈으로 또래의 상처를 분석해 줄 애가 없대, 유진이 주변에는."

아빠의 입에서 외박 허락에 학원을 일주일에 두 번까지 빼도 좋다는 말까지 득달같이 떨어진 걸 보면, 굉장히 마음에 드는 대답이었던 게 분명하다. 학원 뺑뺑이를 돌고 있지만 존중받으며 크고 있다고 스스로 착각하는 아이를 나는 잘 연기했다. 아주 화기애애한 식사 자리였다. 엄마는 오늘의 일기를 이모티콘 가득 담아 적은 후 사진과 함께 SNS에 업로드할 터였다.

*

성여민은 통협동 사람들에게 이리저리 수소문해 센터의 도면을 채워 나갔다.

도면을 그리다 보니 매일 납품을 하러 다니던 성여민조차 모르던 장애물이 툭툭 튀어나왔다. 일단 일반 면회객은 병실에 갈 수 없기에 당초의 계획처럼 면회실에서 할아버지를 빼내야만 했다. 그러나 면회실에서 어떻게 몰래 할아버지를 밖까지 모셔올 수 있을지 걱정이었다.

우리가 무모한 짓을 하고 있는 걸까? 너무 어려서 현실적이지 못한 걸까? 의구심이 들 때면 수향 씨만 바라보게 되었다. 오래산 할머니가 나를 돕고 있다는 점, 그것 하나만 믿었다. 그리고 그할머니는 사실 우리보다도 더 무모한 짓을 하고 있었다.

"수향 씨. 병원에서 이렇게 자주 외출하면 뭐라고 안 해요?"

당연하게도, 너무나 궁금할 수밖에 없었다. 분명 수향 씨는 나와 함께 병원에 입원해 있던 사람이었다. 그런데 성여민과 내가 할아버지를 빼돌리기로 한 이후, 어디가 아팠느냐는 듯 계속해서 외출을 나왔다. 내 질문에 수향 씨는 별거 아니라는 듯 대답했다.

"나이롱환자야, 나. 뭐 별 치료할 거리도 없는데 돈 내고 입원해 있는 사람이라 병원한테는 호구나 마찬가지지. 지갑이야, 지갑. 겨우 외출 가지고 뭐라고 하면 지갑 하나를 잃어버리는 건데, 장사꾼들은 절대 그럴 수 없지."

성여민이 쿡쿡 웃었다. 나는 성여민의 얼굴을 흘깃 쳐다보았다. 성여민은 도면을 골똘히 바라보며 유성 매직 끝으로 머리만 툭툭 치고 있는 중이었다.

통협동엔 종이가 없었다. 종이를 쓴다는 것 자체가 비가 들이쳐 생활을 파괴할 가능성이 없는 곳에서 산다는 뜻이라는 걸 나는 통협동에 오기 전까지 전혀 몰랐다. 성여민은 어디서 주워 온 커다란 판자 위에 유성 매직으로 도면을 그렸다. 판자는 어디 카페 같은 곳에서 테이블로 쓰다 버린 걸 주워 다리를 잘라 낸 것이었다. 성여민은 그 위에 비닐을 덮고, 도면을 그리고, 고치고, 손으로 문질러 지우다가, 너무 더러워졌다 싶으면 다시 새 비닐을 가져와 덮는 일을 반복했다.

＊

"그러니까 가장 좋은 방법은, 당연히 소동 없이 나가는 거지. 어떤 일이 일어났는지 최대한 오랫동안 모르게 해야 해."

눈길을 끌어서는 안 된다는 이야기였다. 그런데 그게 가능할까. 면회실에 들어간 노인 하나가 면회 시간이 끝난 후에도 병상으로 돌아오지 않았다면 즉시 난리 법석이 날 게 분명했다. 이미 버려진 노인이지만, 그래도 그 존재가 유지되어야 센터는 돈을 벌 수 있으니까. 수향 씨 말마따나 노인의 육체가 지갑이나 마찬가지니까. 할아버지를 빼돌리는 건 센터 입장에서는 유괴나 납치라기보다는 차라리 도둑질에 가까웠다. 절대 용서받을 수 없을 거였다. 특히 성여민이 걱정이었다. 모르는 척할 수도 있는 일, 모른 척해야만 할 일에 어쩌다 말려든 게 아닐까? 만약 내 잘못으로 성여민이 난처한 상황에 처하기라도 한다면 나는 견딜 수 있을까?

학교에도 가끔씩 '사고'를 치는 애들이 있었다. 가장 최근에 크게 문제가 되었던 건 아무래도 그 애였다. 뾰족한 송곳을 들고 다니면서 '불특정 다수'의 손목을 찔러 경찰에 끌려갔던 애. 그러나 그 애는 소년원에 가기는커녕 전학이나 정학 처분도 받지 않았다. 여전히 어깨를 으쓱이며 학교를 돌아다녔다. 어린 나이에, 정신과 진료 기록이 참작되었으며 피해자들과 '충분히' 합의를 봤다고 했다. 걔는 영리했다. '불특정 다수'라니. 말도 안 된다. 걔는 우리 동네가 아니라 저지대에서 그 짓을 저질렀다. 그래서 용서받았고 없던 일이 되었다.

성여민은 학교에도 다니지 않았고, 부모님과 같이 살지도 않았으며—본인 이야기를 잘 하지 않으니 부모님이 계시긴 한 건지조차 알 수 없었다—게다가 합의 따위를 볼 돈도 없는 게 분명했다. 재수가 없으면 성여민이 다 뒤집어쓸 게 확실했다.

그런데도 하겠다고 그 애는 말했다.

내 우려를 성여민에게 그대로 말하는 것은 아무래도 망설여졌다. 슬퍼하거나 언짢아할까 봐. 그래서 대신 수향 씨에게 털어놓았다. 성여민에게 다녀오는 날마다, 길 위에서 무언가에 쫓기듯 허겁지겁 토해냈다. 한번 입 밖으로 꺼내기 시작한 걱정은 곰팡이가 피어나듯 불어났다.

"성여민한테 큰일이 나거나 하지는 않겠죠?"

여기까지야, 이제 더는 도면을 채울 수 없어. 내일부터는 진짜 작전을 세워야 해. 성여민이 선언했던 날 통협동을 벗어나 집에 돌아오는 길, 수향 씨와 갈라지는 지점에서 물으며 돌아섰는데 뜻밖에도 수향 씨의 등이 아니라 얼굴을 마주했다. 나는 돌아선 후에는 항상 버스를 놓치지 않기 위해 정류장으로 뛰곤 해서 그동안 수향 씨가 내 뒷모습을 계속해서 보고 있었다는 사실은 까맣게 몰랐다.

수향 씨는 편하게 생각하자고 대답했다. 성여민이 우리를 도와주는 거라고 생각하지 말자고. 마지못해 도와주기로 했다고 보기엔 너무나 주도적으로 이 일을 진행시키고 있으니, 아마도 서가 할아버지에게 받은 게 많기 때문에, 서창식 씨를 좋아하기 때문에 스스로 움직이는 게 아닐까? 그러니 우리도 동료에 대해 너무 무거운 책임감을 짊어지고 있지는 말자고.

"우리 혜인이, 너 웃긴다."

갑자기 수향 씨가 무릎을 치며 소리를 빽 질렀다.

"우리 역시. 너 왜 성여민만 생각하니? 하여간 안 그런 척하면서 어지간히 여시라니까. 나는? 늙은 할머니가 도와주는 건 신경도 안 쓰이니? 내가 어떻게 될지는 걱정도 안 되니?"

그러더니 쯧쯧, 소리를 내며 내 어깨를 가볍게 밀었다.

"버스 왔다. 얼른 가라, 가렴."

혹시라도 기분이 나빴던 걸까? 버스에 오르면서 뒤를 쳐다봤는데 수향 씨는 어깨를 위아래로 움직이면서 배 위에 손을 얹고 있었다. 뼈도 근육도 아직 단단한지 참 격하게도 낄낄거렸다.

15

돌파구가 될 아이디어는 뜻밖의 곳에서 왔다.

성여민이 센터에서 할아버지를 빼낼 계획을 세운다는 사실은 통협동의 믿을 만한 몇몇 사람에게 알음알음 알려졌다. 그리고 결국 우리에게 열쇠가 된 것은 센터에서 10년 넘게 일했다는 성여민의 옆집 아저씨가 던진 말이었다.

"경보만 안 울리면 서가 할아버지 침대에 뭘 집어넣든 하등 문제가 없을 텐데."

"뭘 집어넣든, 이라니요?"

"거기 수용자를 인식하는 시스템이 아예 없어. 우리 같은 계약직이나 일용직들은 매일 출입 때마다 신원 조회를 하잖니, 믿지 못하니까. 그런데 수용된 노인들에게는 그러지 않아. 노인이 밖으로 나갈 일이 없다고 확신하기 때문에 느슨하지. 여민이 네가 들어갈 때면 출입 시스템이 몇 월 며칠부터 일했던, 주민등록번호는 이거고 최종 학력은 이러하며 지문은 이렇게 홍채는 저렇게 생긴, 전과 기록은 아직 없으나 영 미심쩍은 통협동 출신 아르바이트생 성여민, 몽타주 확인 및 갱신 저장 완료, 하고 1초 만에 분석할 테지. 하지만 수용자에 대해서는 신경 쓰지 않아."

하나도 안 웃긴데 성여민은 웃음을 터뜨렸다.

"정직원들은 서가 할아버지 얼굴을 몰라. 그 사람들은 사무직이니까 센터 본부, 사무실, 그런 데 앉아서 서류나 확인하고 돈 끌어올 방법이나 찾아보면서 자기네가 센터를 굴리고 있다고 생각하니까. 서가 할아버지뿐 아니라 그 누구의 얼굴도 모를 거야. 내가 장담하는데……."

그러더니 그 아저씨는 수향 씨에게 슬쩍 고개를 숙였다.

"장담하는데, 저 여사님이랑 서가 할아버지 놓고 구분하라고 해도 모를 거다. 솔직히 말할까? 머리 스타일도 똑같이 만들어 놓으면 누가 여자고 누가 남자인지도 파악 못할걸. 노인한테 제대로 눈길을 줘 본 적이 있어야 말이지."

∗

도대체 이 할머니는 무슨 정신머리로 그따위 계획을 세우는 걸까. 이렇게까지 화가 나면 눈가가 뜨거워지고 뒷머리가 당기면서 시야가 빙글빙글 돈다는 것을 처음 깨닫게 되었다. 너무 이상하고 끔찍한 경험이었다. 심장은 배꼽 언저리까지 떨어져서는 거기서 마구 돌아다니는 팽이처럼 배 속을 휘저었다. 다시 복통으로 쓰러져 입원을 할지도 몰라, 그러면 퇴원할 때까지 계획은 하염없이 미뤄지겠지. 그 생각 하나 때문에 간신히 숨을 깊게 들이마시고 내쉬면서 정신을 차리려 노력했다.

아니, 아무리 그래도!

"씨발!"

내가 말하자 성여민이 손바닥으로 내 손등을 감싸더니 말했다. 야, 너 욕하지 마.

"왜?"

"안 해 본 거 너무 티 나거든."

짜증 나! 나는 성여민의 손바닥에서 내 손등을 떼어 이마에 대고 얼굴을 무릎에 묻었다. 성여민의 손바닥은 내 것보다 조금 뜨거웠는데, 손등을 이마에 대니 아무 느낌도 없는 걸로 봐서는 내 이마도 어지간히 뜨끈뜨끈한 모양이었다. 성여민의 집에 드나들면서 자주 미열이 나곤 했다.

수향 씨는 폭탄선언을 하고는 아무런 반박도 받지 않겠다는 듯 그대로 다시 병원으로 돌아가 버렸다. 처음이었다. 수향 씨가 나보다 먼저 돌아간 것은.

침대 위에 기존과 비슷한 크기의, 비슷한 심장 박동을 지닌 유기체 하나만 있다면 아무도 알아차리지 못할 거라는 사실. 버려진 노인을 외로운 노인으로 치환해도 그들의 계산법으로는 변화가 없다는 사실. 누구도 다치지 않은 채 모두의 목표를 이룰 수 있다는 사실. 그따위를 수향 씨는 근거로 들어 물었다. 그런 사실들이 명백한데 우리가 그걸 잘 꼬아서 좋은 그물로 만들어 쓰지 않을 이유가 무엇이니?

바보 같았다. 말도 안 되는 일이었다. 그래, 그게 최선의 방법이라는 걸 논리적으로는 충분히 설명할 수 있겠지. 하지만 그 계획을 처음 들었을 때 내 배가 얼마나 아프기 시작했는지는 측정이 불가능하다. 고통의 정도를 측정할 수 없기에 계획에 반대하는 근거로 사용하지 못하지만 나는 안단 말이다. 얼마나 끔찍한 기분이었는지. 그놈의 사실들에 근거한 그놈의 계획이 나를 그토록 아프게 했단 말이다.

수향 씨의 계획은 간단했다. 나와 함께 면회를 간다. 할아버지와 위치를 바꾼다. 옷도 바꾼다. 나는 할아버지와 함께 밖으로 나간다. 수향 씨는 할아버지의 병상에 실려 센터 안으로 들어간다. 아무 일도 일어나지 않는다. 만일의 사태에 대비해 밖에서 대기하는 정도의 역할만 한 성여민에게는 불똥이 튀지 않고, 나는 남의 얼굴을 보고 난동을 부리는 몰상식한 어린애가 되지 않는다. 할아버지는 예뻐하던 두 아이를 한꺼번에 조우하며 자유를 얻는

다. 행여나 나중에 엄마나 아빠가 면회 요청을 하면 병실의 수향 씨가 거절하면 된다. 엄마와 아빠는 서운한 척할 테지만 사실은 안심할 것이다. 모두가 행복하다. 모두가 안전하다. 수향 씨는, 간편하게 서창식이 된다.

그런데, 그러면 수향 씨 당신은?

수향 씨는 대답했다.

"어차피 나이롱환자인데 병원에 있나 센터에 있나. 오히려 좋지, 남이 돈 내주는데 뭐."

"그러면 내가 당신 진짜 멋있고 착한 사람이라고, 고맙다고 해 줄 줄 알았나 보지? 우리 할아버지를 위해 이렇게까지 해 주다니 평생 잊지 않겠다고 말할 줄 알았나 보지? 진짜 짜증 나. 대체 뭐 하자는 거야?"

숨이 찼다. 머리보다 입이 먼저 나갔다. 무언가를 더 말하려고 하는데 배 속이 미친 듯 쑤셨다. 날카로운 포크가 명치 가운데를 쿡 찌른 다음 파스타 돌돌 말듯 배 속을 휘젓는 느낌이었다. 나는 신음을 뱉으며 배를 움켜쥐고 반쯤 주저앉았다. 성여민이 깜짝 놀라며 함께 몸을 굽혔다. 걔는 내가 벼락 같은 복통을 호소하고 또 금방 괜찮아지는 장면들을 몇 번이나 목격하고 나서도 여전히 놀라고, 불안해하고, 두려워했다. 자기는 얼굴에 도마뱀을 몇 마리나 가지고 있으면서 말이다.

"수향 씨 거기 들어가면 다시 못 나오잖아요. 우리 아빠나 엄마가 돈을 끊지 않는 한."

내가 그 점을 짚었을 때 수향 씨는 별거 아니라는 듯 말했다. 면회만 거절하면 할아버지를 빼돌렸다는 사실은 수향 씨가 사망할 때까지 절대로 알려지지 않을 거라고 말이다.

"게다가, 남자 병실에서 살겠다고요?"

"원래 이 나이쯤 되면 구별도 잘 안 간다. 그냥 다 노인네지, 뭐."

미친 거 아닌가?

성여민이 손아귀에 쏙 들어오는 무언가를 건네주었다. 나는 멋 모르고 받아들었다가 깜짝 놀라 떨어뜨릴 뻔했다. 손바닥이 금세 뜨거워졌다.

"배 위에 대고 있어 봐, 속는 셈 치고."

성여민이 말했다. 나는 티셔츠를 살짝 올린 다음 돌같이 생긴 그 물체를 집어넣고 다시 옷자락을 내렸다. 쌉쌀한 향이 났다. 뱃가죽이 따끈해졌다. 울렁이던 속이 아주 조금 괜찮아졌다. 뭘 먹었더라. 나는 기억을 되짚었다. 마지막으로 먹은 건 수향 씨가 사준 떡볶이였다. 통협동에 와서는 쫄쫄 굶었다. 통협동의 음식을 먹는 건 제아무리 마음을 굳게 먹어도 쉽게 할 수 없는 일이었으니까.

떡볶이가 문제였나? 그렇게 맵지도 않았는데. 우리 학교 앞의 음식점들은 아주 철저한 위생 점검을 통과해야 운영될 수 있었다. 숨 쉬듯 배탈이 나는 아이들과 도끼눈을 뜬 학부모들을 모두 만족시킬 방법은 그것뿐이었다. 그래서 값이 매우 비싸졌지만, 누구 말마따나, '동네가 동네인' 것이다.

배가 따뜻해지니 조금씩 눈이 축축해졌다. 공기를 떠돌던 습기가 그 얕고 얇은 눈두덩에 기어이 가서 고인 것 같았다. 성여민이 내게 물었다. 수향 씨 나이롱환자라고 그랬잖아. 진짜일까? 왜 병원에 입원해 있었는지 알아? 나는 고개를 저었다. 생각해 보니 정말 그랬다. 수향 씨는 빼빼 마르긴 했지만 잘 돌아다니고 잘 먹었다. 병실에서 링거줄을 매달고 있는 것도 본 적이 없었다. 안드로이드가 수치를 측정하는 것 같긴 했지만 가끔 회진을 도는 인간 의사가 수향 씨에게 뭘 묻는 장면을 본 기억은 없었다.

……아니, 한 번 있었다. 그날 의사는 수향 씨에게 그랬다. 수향 할머님, 병상이 부족해서 2주쯤 빼 주셔야 할 수도 있을 것 같은데요. 그러자 수향 씨는 대답했다. 2주 안에 내가 어떻게 되면 선생님, 내 장례식에 부조 두 배로 내야 돼.

그땐 나도 너무 아팠기에 별 신경을 쓰지 못했었다. 그런데 복기하니 이상한 점을 발견하지 못한 게 신기했다. 치료를 받는 환자가 병상을 뺀다고?

16

그러나 정작 일을 어렵게 만든 건 그 무엇도 아닌 내 오만함이
었다.

성여민과 많은 시간을 함께 보내면서 나는 점점 같은 학급 애
들을 우습게 보기 시작했다. 원래도 우리 반 애들과는 사이가 좋
지 않았지만, 내 태도가 변하면서 더욱 악화되었다. 아무리 봐도
정말이지 아무것도 모르고 아무 생각도 하지 않으려는, 온실 속
무지한 화초들이라고 나는 자주 속으로 애들의 흉을 보았다. 어
딘가에선 얼굴에 무늬가 있는 아이들이 학교도 못 가고 있고 또
다른 곳에서는 노인들이 버려지고 있는데, 학원 뺑뺑이만 돌며
그 세상이 전부라고 여기는 모습이 싫었다. 성여민의 존재를 알
고 성여민을 내 주변에 두는 것만으로도 나는 내가 옳은 무언가
를 하고 있다고 착각했다. 남들과는 조금 다른 올바른 나의 모습,

그 환상을 스스로 만들어 냈다.

학교 토론 수업이 있던 날이었다. 누가 봐도 확고하게 '옳은' 쪽과 '그른' 쪽으로 나뉘어 진행되는 아주 뻔한 토론 수업. 숙고할 필요 없이 모두들 낮은 쪽으로 흐르는 물줄기처럼 한쪽으로 우르르 몰려가서 가만히 앉아 있으면 되는 그런 토론 말이다. 거기서 한마디씩 하면 선생님이 그 주장을 적어 나중에 생기부에 써 준다. 그러면 우리 각자는 '치열한' 토론장에서 '인본적인' 주장을 '논리적으로' 구사한 훌륭한 학생이 되는 것이다.

그날의 주제는 '기후 위기와 복지'였고, 선생님은 사전 자료로 짧은 다큐멘터리 하나를 보여 주었다.

"사회의 진정한 리더가 되려면 낮은 곳을 먼저 보아야 하죠. 옛날에는 이런 방송들도 가끔 나왔답니다. 조작 논란이 있었지만 그래도 우리가 생각해 볼 수 있는 건 아주 많아요."

선생님은 영상을 켜며 말했다. 홀로그램으로도 구현이 안 되어 쳐다보기만 해도 눈이 피로한 모니터를 써야 하는 걸 보니 10년은 넘은 영상 같았다. 재미없을 게 확실했다. 몇몇 애들이 벌써 눈을 감고 있었다.

나도 눈을 감을 걸 그랬을까? 모니터를 채우는 익숙한 이의 얼굴을 볼 줄 알았다면 말이다.

그 이목구비와 목의 무늬.

으악 징그러워, 극혐이다. 날선 목소리들이 뒤에서 흘러들었다.

그 목소리들은 선생님에게 들려도 상관없다는 듯 컸다. 선생님은 못 들은 척했다.

무늬의 주인은 아주 작았다. 다섯 살 정도 되었으려나. 아이가 알루미늄 테이블 위에 적힌 글을 줄줄 읽는 모습이 첫 장면이었다. 리포터가 묻는 시사 상식 질문에 대답을 척척 했다. 수학 문제도 풀어냈다. 그리고 곧, 이 아이에겐 어떤 보호자도 없고 부모도 알 수 없으며 얼마나 불결한 환경에서 살고 있는지 운운하는 이야기들이 흘러나왔다. 내가 오며 가며 보았던 통협동의 어른들이 그 아이 옆에 있었다. 그들은 열악한 상황을 공들여 개선할 의지는 요만큼도 없는 무능한 어른의 전형으로 비춰졌다. 방송은 내내 그 아이의 목표를, '불우의 진창을 탈출하는 것'으로 규정했다. '통협동'이라는 단어는 단 한 번도 나오지 않아서 시청자는 아이의 존재를 그저 가상의 영화처럼 받아들일지도 몰랐다.

나를 가장 분노하게 만든 건 반장이었다.

반장은 말했다. 기후 위기에 삶의 터전을 빼앗긴 이들을 다시 사회의 오롯한 일원으로 포용하기 위해서는 무엇보다 복지 예산의 확충과 인식 변화가 중요할 것이다, 특히 얼굴에 낙인처럼 찍힌 자국에 따라 사람을 차별하는 일이 없어야 할 것이다, 그를 위해서는 전 국민의 인식 개선과 함께 적극적인 피부 치료법 개발과 지원이 필요할 것이다, 얼마나 괴로울지 상상조차 할 수 없어

125

미안할 따름이다. 나는 아직 한 번도 저런 사람을 본 적은 없지만 만나게 된다면 다른 친구를 만났을 때와 변함없이 대할 것을 맹세한다.

꼬집힐 구석이 없는 매끈한 말이라고 본인은 생각할 터였다. 나는 일어서서 물었다. 아까 그 영상에 나온 아이를 볼 때 기분은 어땠나요? 어떤 느낌이 들었나요? 선생님이 토론 중엔 반드시 존댓말을 써야 한다고 했기에 말이 늘어졌고, 길어진 말 탓에 덜덜 떨리는 목소리는 조금 더 극명하게 들통났다. 그런데 아직 내게는 전해야 하는 정보가 남아 있었다. 나만이 아는 것, 영상이 끝나는 순간 직전까지 눈물짓던 시청자들이 곧바로 망각했을 그 아이의 존재가 영상 안에서만 한정되어 존재하는 것이 아님을 나는 이야기해야 했다. 저토록 무책임하게, 겨우 일종의 참고 자료로 사람을 이용하는 꼴을 용납할 수 없다고 소리쳐야 했다.

반장이 대답했다.

저런 친구가 지금 우리 곁에 있다면 우리가 가진 것들을 나눠 함께 공존해야 한다고 생각합니다. 그리고 특히 겉모습 때문에 차별받는 일이 없어야 합니다. 저는 아직 한 번도 저런 친구를 본 적이 없지만 그렇기에 오늘의 수업이 크게 의미 있다고 생각합니다. 저런 친구의 존재를 알게 되었기 때문에 실제로 맞닥뜨려도 놀라지 않고 포용할 수 있을 것 같습니다. 저런 친구를 보면 배려하고 존중하는 마음을 준비해야겠구나, 그런 생각을 했습니다.

그러더니 고개를 틀며 내뱉었다.

"좋은 답변이 되었을까요?"

'저런 친구'라니.

나는 책걸상을 연달아 걷어찼다. 애들이 어어, 소리를 냈다. 누군가는 눈을 휘둥그레 떴고 누군가는 벌써 몇몇끼리 뭉쳐 키득키득 웃기 시작했다. 선생님이 허둥지둥 달려왔다. 얘가 왜 이래? 붙들려는 선생님을 뿌리치고 나는 창문 쪽으로 갔다. 자리가 가까워서 금세 붙을 수 있었다. 이중 창문을 열었다. 비가 들이쳤다.

"다 아무것도 모르는 멍청이들일 뿐이야."

창가에 앉은 아이들이 욕을 뱉으며 각자의 손목을 두드려 누비스를 켰다. 귓속으로 누군가의 목소리가 들려왔다. 아 씨, 존나 웃기네. 쟤 또 튀는 척한다. 우산 들고 다닐 때부터 웃기다고는 생각했는데. 자기가 뭐라도 되는 줄 알고 저러지, 또? 근데 쟤 할아버지인가 뭔가는 원래 있냐? 구라 아냐?

몰라, 본 적 없음.

아니, 우리 엄마가 그러는데 오래전부터 양로원에 들어가 있다고 그러던데?

그럼 우산 들고 다니던 것도 다 연기임? 와, 관심받으려고 별짓을 다 하는구나. 치밀하다 치밀해.

난 저렇게는 안 산다.

*

성여민을 밖으로 끌어내기 위해서 꾀병을 부렸다. 너희 동네에 가면 복통이 유독 심해지는 것 같다고 꾸며댔다. 평소의 나였다면 통증이 있었어도 숨기고 꾸역꾸역 성여민네 동네로 걸음 했을 것이다. 몸 약한 온실 속 화초처럼 보이고 싶은 생각은 추호도 없으니까. 지는 것 같으니까. 그러나 성여민은 나를 아직 잘 모르는지 아니면 입씨름을 하기가 싫었던 건지 순순히 밖으로 나와 내가 일러둔 카페 앞에 서 있었다. 카페 문 앞에 차양이 있었기에 우산은 접어서 손에 든 채였다.

"왜 안 들어가고 있어?"

내가 묻자 성여민은 대답했다.

"안에 있는 사람들이 너무 쳐다봐서."

"뭐래, 자의식 완전."

나는 재빨리 말하며 문을 몸으로 밀어 열었다.

"야, 봐라. 아무도 안 보는데 무슨."

성여민이 나를 따라 카페 안으로 들어섰다. 우산꽂이가 없었으므로 우산은 밖의 통창에 대충 기대어 놓았다.

음료도 맛없고 자리도 불편한 그 카페의 아르바이트생은 손님이 이렇게 많이 온 날을 처음 경험했을 것이다. 이유는 간단했다. 모두 우리 반 애들이었으니까. 내가 거짓말을 하는지 안 하는지 직접 보러 온. 아니 그보다도, 성여민을 구경하러 온.

성여민은 가발을 쓰고 있었다. 내가 성여민을 처음 보던 날 쓰고 있던 바로 그 장발 가발이었다. 그걸로 머리와 목 부분의 무늬를 가렸다. 얼굴에는 마스크를 썼다.

이러면 안 되는데. 이러면 같은 반 애들은 또 잘못된 소문을 퍼뜨릴 게 뻔했다. '야! 그냥 주작이었어. 그럴 줄 알았지. 보통 애 데려다 놓고 버블티나 빨더라? 그럼 그렇지 걔가 무슨 친구가 있겠냐?' 같은 말들을 하며.

"머리 안 답답해?"

내가 묻자 성여민은 눈을 동그랗게 뜨더니, 아니, 익숙한데, 나올 때는 항상 이러고 나왔는데, 하고 대답했다.

"보는 내가 답답해서 그래. 그냥 가발 벗으면 안 돼?"

"사람들 있잖아."

"너한테 뭐라고 하는 사람들이 이상한 거지!"

나는 말했다.

"너 원래 그런 성격 아니잖아, 그런데 왜 사람들 눈치를 봐? 너한테 무슨 잘못이 있다고? 당당하게 다니면 안 돼?"

"무슨 교과서 같은 이야기를 그렇게 하냐. 네가 몰라서 그래. 너는 한 번도 경험해 본 적이 없잖아."

성여민이 웃으며 빨대를 입에 물었다. 입을 비트는 그 웃음이 가루약을 입에 댔을 때처럼 쓰게만 보였다. 아마 평소의 나였다

129

면 알아챌 수 있었을 텐데, 그러나 그때의 나는 어떻게든 성여민의 가발을 벗기겠다는 마음 하나밖에 없었다. 내 말이 옳다는 걸 증명해 보이겠다는, 겨우 그 목적 하나만을 위해 친구인 성여민을 전시하는 행위에 죄책감도 갖지 못하는 악마가 마음의 문을 비집고 들어와 단단히 똬리를 틀었다. 성여민의 샐러맨더와는 다른 아주 크고 지독하고 냄새나는 구렁이 같은 마음이.

"너, 겁내는 거야?"

비웃는 척을 했다. 사실은 성여민이 이대로 제 정체를 카페 안에 앉은 이들에게 확연히 드러내지 않고 나가버릴까 봐 조마조마했으면서.

"난 설마 네가 그럴 줄은 몰랐는데."

17

성여민은 후련해 보였다. 정말로 가발을 벗었는데 아무도 신경을 쓰지 않을 줄은 몰랐다면서, 용기가 생겼다고 했다. 통협동에만 갇혀 있으니 정작 그 바깥 사람들의 인식이 얼마나 개선되었는지 알 도리가 없었다면서. 특히 카페의 손님들이 모두 또래로 보이던 것에 굉장히 고무된 모양이었다. 이런 상태로 몇 년만 더 지나면 통협동 사람들에게도 훨씬 살 만한 세상이 올 거라고.

거 봐. 나는 말하며 성여민의 어깨를 두드려 주었다. 다만 다음 날 학교에서는 내 뜻대로 무언가 대단한 변화가 생기지는 않다. 고개를 빳빳이 쳐들고 갔는데 아무도 어제의 성여민에 대해 일언반구도 없었다. 아니, 오히려 나를 투명 인간 취급했다. 담임에게 불려 갈 때나 조금 힐끗거릴 뿐이었다. 담임은 그날 토론 수업을 진행했던 선생님에게 사과하라고 말했다. 토론하다가 감정이 격해져서 소란을 피운 것이니 부모님께는 알리지 않겠다고 했다. 나는 감사하고 죄송합니다, 하고 중얼거리며 담임과 선생님에게 허리를 숙였다.

"혜인이 네가 그런 영상에 그토록 쉽게 감정 이입하는 성격인 줄은 몰랐네. 그렇지만 주변 사람들에게 배타적인 성향을 보이지 않는 것이 먼저란다. 잘 모르는 큰 뜻을 좇기 전에 잘 아는 주위를 살피고 다정해지렴."

네. 나는 공손하게 말하고는 교무실을 벗어났다. 사건이 얼추 잘 봉합되어 다행이라고 생각했다. 할아버지를 빼 올 날이 얼마 남지 않았는데 부모님에게 외출 금지라도 당하면 큰일이었다.

✳

결국 나는 수향 씨의 고집을 이기지 못하고 함께 미용실까지 갔다. 수향 씨의 머리를 할아버지처럼 짧게 자르기 위해서였다.

"우리 할아버지, 머리숱은 적어도 검은 머리가 더 많은데. 수향 씨를 알아보고 병실의 누가 신고라도 하면 어떡하죠?"

내가 묻자 수향 씨는 하루아침에 머리가 하얗게 세어 버리는 노인들이 얼마나 많은지 모르느냐고 대꾸했다.

"수향 씨, 진짜 여자인 거 안 들킬 수 있어요?"

그 물음에는 정말로 낄낄 소리를 내며 웃더니, 고등학생 시절에 보았던 남장 여자가 나오는 드라마가 그렇게나 재미있었다고, 언젠가는 꼭 자신도 그런 주인공이 되고 싶었다고 대답했다.

"그 드라마 보면 결국엔 남자 주인공이랑 잘되거든. 누가 아니? 나도 거기서 잘생긴 할배 하나 만나서 꽁냥꽁냥할지?"

몇 년이나 있어야 할지 어떻게 알고.

걱정돼 죽겠는데 내 속을 알 리 없는 바리깡이 요란한 소리를 냈다. 나는 그 소리에 몇 번을 움찔거렸다. 날이 지나갈 때마다 목덜미의 은색 빛이 점점 옅어졌다.

"이제 정말 남자처럼 보이지?"

미용실에서 나와서는 무슨 싸구려 옷가게에서 후줄근한 옷까지 사 입은 수향 씨가 내게 물었다.

"다른 데서 그 옷을 돈 주고 샀다고는 절대 말하지 마요. 아무리 우리 할아버지라도 그런 옷까지 입진 않을 것 같아요."

내가 말하자 수향 씨는 신나게 웃었다. 작전이 완벽히 성공했다면서.

나는 정말로 수향 씨가 걱정되었다. 중학교 2학년이면 알 건 다 아는 나이다. 비록 나도 얼마 전 성여민의 방에서 하루 외박을 하긴 했지만 그건 할아버지가 믿고 마음을 준 성여민이란 애가 그 손녀인 나에게 해코지를 하지 않을 거란 사실과, 무엇보다도 수향 씨가 내 옆을 지켜 주고 있다는 믿음 덕분이었다. 그런데 수향 씨 곁에는 아무도 없을 거란 말이다. 정말 아무도…….

그러나 부끄러워서, 혹은 예의가 없는 것 같아서 자꾸만 솔직한 표현을 사용하지 못한 채 '괜찮냐'고만 돌려 묻게 되었다. 수향 씨는 귀찮으니 그만 좀 물으라고 했다.

그리고 곧 할아버지를 만나러 갈 날이 되었다.

18

직계 가족임을 증명하는 서류 역시 여전히 종이로 되어 있었다. 아마 예전이었다면 아무런 생각을 하지 못했을 것이다. 서류를 손에 들거나 가방에만 넣으면 누비스가 알아서 보호해 줄 테니까. 그러나 이제는 이런 요소 하나하나마다 무신경함이, 배려없음이 여실히 보여서 괴로웠다. 이렇게 비가 오는 날 누비스가 없는 사람들은 나라에서 발급한 종이 증명서를 집까지 무사히 가져갈 수 있을까?

나는 약속 시간보다 조금 빨리 통협동에 도착했다. 성여민이 자기 방에 들어가는 현관문 앞에 세워 놓은 탑차에 도시락이 가득 담긴 플라스틱 박스를 싣고 있었다. 도와줄게. 그렇게 말하며 박스를 들었다가 부피에 비해 훨씬 무거워서 깜짝 놀랐다. 놀란 티를 안 내려고 노력했지만 몸이 휘청거렸다. 성여민은 어떻게 이걸 혼자 나르는 걸까? 하나를 올리고 났더니 이미 반쯤 지쳐 버렸다. 그래도 약해 보이기 싫어서 계속 도왔다.

일이 다 끝나고 났더니 성여민의 티셔츠는 앞섶이 온통 흠뻑 젖어 있었다. 방에 돌아와서 성여민은 옷을 갈아입을 테니 나더러 등을 돌리라고 말했다. 나는 등을 돌려 물방울이 간간이 맺힌 벽을 바라보았다. 등 뒤에서 성여민이 서랍을 열어 뒤지는 소리가 났다.

"아, 바지도 갈아입어야 되네. 나 그냥 화장실 가서 입는다."

성여민은 그렇게 말하고 서랍을 닫더니 방문을 열어 공용화장실 쪽으로 나갔다. 나는 다시 원래대로 몸을 돌렸다. 서둘러 복도로 사라지는 성여민의 등이 흘끗 보였다.

두피와 얼굴, 목에 그려진 성여민의 흉터를 두고 나는 도마뱀의 모양이라고 귀엽게 연상해 왔지만 어쩌면 그것마저도 진실의 끔찍함을 가리려는 나름의 연막일 뿐이었는지도 모른다. 내 부족함을 나는 그제야 제대로 인지했다.

몰래 본 성여민의 등에는 불붙은 채찍으로 맞은 것 같은 흉이 가득했다.

$*$

"자율주행차 이외에는 정말 오랜만에 타 보는구나."

시간 맞춰 도착한 수향 씨가 탑차에 오르며 감탄사를 뱉었다. 저는 아예 처음이에요. 내가 말하며 성여민을 찾아 눈을 돌렸다. 성여민은 조수석 쪽 문을 닫아주더니 차를 빙 돌아 운전석으로 향했다. 그러고는 핸들을 잡고 "무면허 운전을 믿어주셔서 감사합니다. 그래도 무사고예요"라고 말하더니, 시동을 걸었다.

센터는 경기도 인근의 어느 산기슭에 위치했다. 대중교통으로는 가기 힘든 곳이었다. 나는 가는 내내 멀미를 했다. 탑차가 덜컹거린 탓도 있었지만 그보다는 긴장감 탓이 컸다. 차라리 눈을 감고 자는 시늉이라도 하라고 수향 씨가 말했지만 그러고 싶지 않았다. 이 길을 기억하고 싶었다.

수향 씨와 성여민은 마음을 가라앉히기 위해서인지 시답잖은 농담 따먹기를 반복하고 있었다. 입을 열면 토할 것 같아서 나는 그냥 창밖이나 바라보았다. '사물이 보이는 것보다 가까이 있음'이라고 적힌 사이드 미러에 물방울이 잔뜩 맺혀 흐르는 중이었다. 뒤에서 달리는 차의 검은 형상이 거울에 계속 비쳐 어룽거렸다. 이렇게 외진 길에도 차는 가득하구나. 저 차에는 누가 타고 있을까? 어디로 가고 있는 걸까? 이 길의 끝에 노인들이 가득한 센터가 있다는 사실을 알까? 혹시 나처럼 그곳에 노인을 만나러 가는 걸까? 아니면 혹시 노인을 버리러 가는 걸까…… 무고한 남의 차를 두고 나는 혼자 끔찍한 상상을 했다.

중간에 수향 씨가 화장실에 가고 싶다고 해서 우리는 한 번 차를 멈추었다. 겨우 경기도까지 가는 길에 휴게소 같은 게 있을 리는 없었고, 길가에 차를 댄 후 성여민이 오가며 자주 요기를 한다는 어느 토스트집에 들어갔다. 아저씨 안녕하세요, 혹시 화장실 쓸 수 있나요? 성여민의 말에 뒤집개를 든 사장이 대답했다. 아이고 손님, 세상이 망하려나 봅니다. 저에게 언제 말씀하시고 쓰신 적이 있나요, 화장실을?

"누가 들으면 제가 예의 밥 말아 먹은 줄 알겠어요. 초반에는 꼬박꼬박 여쭤봤거든요?"

"전생인 것 같네."

사장 아저씨는 아무 주문이 없었는데도 햄과 계란과 딸기잼을 넣은 토스트를 하나씩 만들어 주었다. 수향 씨 것까지.

"단골 찬스."

사장 아저씨는 내게 말했다.

"성여민이를 거의 뭐, 내가 키운 거나 마찬가지거든. 내가 없었으면 10센티미터는 덜 컸을걸."

근데 애가 원체 성격이 괴팍해 친구가 없는 줄 알았더니, 참 특이하고 다채로운 친구를 사귀는 것 같다? 사장 아저씨가 말하며 웃었다. 나는 조금 놀랐다. 내게도, 내 주변 사람들에게도 피부에 무늬가 있는 성여민이 특이한 존재인데 아저씨는 그렇게 생각하지 않는 것 같았다.

토스트는 달고 고소했다. 화장실에 다녀온 수향 씨는 그 토스트를 한 입 물더니 추억의 맛이라고 표현했다. 우리는 촉촉하고 부드러운 식빵을 썹으며 빗줄기로 거의 불투명해지다시피 한 유리벽 밖을 바라보았다. 어쩌면 이 음식이 수향 씨가 먹는 마지막 바깥 식사일지도, 아까 다녀온 화장실이 수향 씨가 다녀온 마지막 바깥 화장실일지도 몰랐다.

"다 같이 어디 좋은 데 놀러 가요?"

아저씨가 수향 씨에게 물었다. 수향 씨가 고개를 끄덕였다. 아주 좋은 데 놀러 갑니다, 하고 말하며.

탑차에 다시 올랐다. 도로는 한산했다. 성여민이 시동을 걸었고 나는 번들거리는 손가락을 빨다 말고 문을 열었다. 비가 들이쳤지만 성여민도 수향 씨도 뭐라 하지 않았다. 손으로 사이드 미러를 닦았다. 몇 번을 닦아도 빗방울이 금방 그 위에 달라붙어 상이 흐려졌다. 여전히 뒤에 있는 차의 그림자만 보일 뿐이었다.

나와 수향 씨는 센터에 도착하기 조금 전에 탑차에서 내렸다. 도시락 납품 차를 타고 면회를 가면 누구라도 의심할 것이 분명했으므로 여기서부터는 걸어갈 생각이었다. 우리가 손목을 두드려 누비스를 켜는 것을 성여민은 가만히 지켜보았다.

"이따 봐."

인사를 하며, 성여민이 그 많고 무거운 도시락 상자들을 혼자 내려야 한다는 게 소스라치게 싫다는 생각을 하는 나 자신을 발견하고는 깜짝 놀랐다. 성여민이 그 일을 매일같이 한다는, 그래서 그 노동이 몸에 배어 익숙할 것이라는 사실로는 무거운 마음을 막을 수 없었다.

"이따 봐. 조심히 가세요, 수향 씨."

곧 탑차가 떠나갔다. 멀미 증세 때문에 기진맥진한 나를 수향 씨는 조금 기다려 주었다. 나는 주위의 풍경을 바라보고 심호흡을 하며 속을 가라앉혔다.

경기도라는 곳에 발을 들인 것은 처음이었다. 사방 천지를 둘러봐도 사람 하나 없이 황량했다. 어딜 봐도 사람과 건물이 눈에 턱턱 걸리던 우리 동네와는 전혀 달랐다. 도로를 다니는 차도 거의 없었다. 어느 노인이 센터를 탈출한다 한들 금방 잡힐 게 뻔해 보였다.

"이제 좀 괜찮니?"

"네. 이제 가요."

수향 씨가 내 손을 잡았다. 주름진 손이 꼭 할아버지의 것 같았다. 우리는 센터를 향해 서둘러 걸었다.

19

"나 참, 살다 살다 할아버지 첫사랑 찾아왔다고 면회 신청하는 손녀는 처음 본단 말이지."

면회실로 향하는 엘리베이터에서 직원이 웃으며 말했다. 본 지 얼마 되지는 않았지만 태도를 종잡을 수 없는 사람이었다. 비웃는 건지, 대견해하는 건지, 감탄하는 건지, 한심해하는 건지.

어쨌든 확실한 것은 내 아이디어가 제대로 먹혔다는 점이었다. 그게 기뻤다.

"할아버지 첫사랑을 찾았는데 마지막으로 만나 뵙고 싶다고 해서 왔어요."

어린 애가 어떻게 부모님도 없이 여기까지 혼자 와서 면회 신청을 하느냐는 직원의 말에 내가 대답했다. 할아버지 첫사랑인데, 엄마나 아빠가 두 분이 만나는 걸 허락해 줄 리 없잖아요. 그래서 몰래 왔어요.

우리가 사무실 문을 열고 들어설 때까지만 해도 무료한 표정으로 하품을 쩍쩍해대던 직원의 눈이 빛나기 시작했다. 입꼬리가 웃는 듯 비틀렸고 연신 수향 씨와 나를 번갈아 쳐다보았다. 그러더니 수향 씨에게 몇 가지 질문을 던졌다. 누가 들어도 지금의 면회와는 상관없는 호구 조사 같은 거였다. 수향 씨는 성실하게 대답했다. 결혼은 한 적 없고 내내 혼자 살았으며 부모를 보낸 지도 벌써 30년이 넘었고 지금은 아무런 재미도 없이 그저 죽지 못해 살고 있다…… 직원은 '죽지 못해 살고 있다'라는 대답에 크게 감명이라도 받은 듯 만족스러운 표정으로 고개를 끄덕이더니 이상한 말을 해댔다.

"하긴, 여자 혼자 그리 외로워야 난데없이 첫사랑도 만나러 가고 싶고 그렇겠지요. 나도 어느 여자가 나중에 나 늙어서 첫사랑이었다고 찾아와 주고 그러면 좋겠네. 면회 한 번을 안 오는 자식들도 많은데, 할머니, 대단하시네요."

직원이 면회실 문을 열었다. 성여민 말로는 센터에서 유일하게 외부 사람에게 노출되는 곳이므로 언제나 완벽히 꾸며 놓는다고 했다. 면회실에서 제공하는 식사 역시 평소 수용자들이 먹는 식사와는 전혀 다르게 푸르고 노랗고 빨간 채소와 과일, 그리고 갖가지 잡곡과 음료까지 그야말로 그득그득한 '클린' 식단이라고 했다. 물론 그 도시락 역시 통협동에서 납품한다는 사실에는 예외가 없지만.

테이블에 꽃까지 올라와 있는 면회실을 휘 둘러보며 자리에 앉
았다. 직원이 벽에 있는 인터폰을 들고 무언가 버튼을 누르더니
말했다.

"면회객 입실이요. 607호 서창식 할아버지요. 예, 손녀요."

그러고는 수화기를 내려놓았다. 옛날 배경의 드라마에서나 봤
던, 꼬불꼬불한 선이 달려 있는 수화기였다. 시설이 아주 오래되
어서 겉이나 그럴 듯하지 많이 낙후되었다던 성여민의 말이 사실
이었다. 하긴 최신식 통신 시설이 없기에 우리 계획이 어그러질
가능성이 줄어들긴 했지만.

"그럼, 즐거운 시간 되십시오. 손녀 분, 그리고 할머니!"

직원이 꾸벅 인사를 하고서는 방금 우리가 들어왔던 출입문을
열고 면회실을 나갔다. 쇠로 된 무거운 여닫이문이었다. 할아버
지가 들어올 입구는 맞은편의 오래된 자동문으로, 불투명해서 그
너머를 건너다볼 수 없었다. 앞의 기계 장치를 보니 출입증을 찍
어야만 열리는 모양이었다.

시간이 얼마나 지났을까.

문이 열렸다.

∗

그 벼락과도 같은 순간에 너무나도 많은 걸 깨달았다. 저 위 멀리서 번개를 들고 계속해서 하늘을 찔러대며 비를 뿌리던 거대한 손이, 갑자기 나를 발견하고는 득달같이 달려들어 정수리를 움켜쥔 듯 고통스러웠다. 주춤거리며 들어선 이의 얼굴, 늘어진 목의 피부, 앙상한 팔목, 후들대는 걸음걸이와 주저하는 눈빛 때문에.

"왜 이래?"

나는 할아버지에게로 달려들었다. 할아버지가 몸을 움츠렸고 툭 튀어나온 어깨뼈가 잘 벼린 낫처럼 내 심장을 갈기갈기 난자했다.

"왜 이러냐고. 할아버지, 이거 아니잖아. 서창식 씨, 왜 이렇게 말랐어? 얼굴색은 왜 이래? 할아버지."

할아버지는 10년쯤 더 늙은 것처럼 보였다. 머리는 온통 하얗게 세어 있었다.

수향 씨처럼.

"할아버지! 뭘 먹긴 해? 밥은 제대로 드시는 거야?"

할아버지에게선 답이 없었다. 나는 아까 보았던 수화기를 들었다. '면회 시 불편한 점이 생기면 누르세요^^!'라는 문구 아래에 '접수처'라고 쓰인 버튼이 붙어 있었다. 그걸 눌렀다. 뚜, 뚜, 뚜. 세 번 연결음이 울리고서는 누군가 전화를 받았다. 나는 소리쳤다. 여기 면회실인데요. 우리 할아버지가 왜 이렇게 말랐어요?

전화를 받은 이는 어이없다는 듯 물었다. 왜, 우리가 굶길까 봐서? 그러더니 덧붙였다.

"부모님이 말씀해 주셨을 거 아니니, 여기 오시는 어르신들, 앞가림 제대로 되는 분들이 아니라는 거. 다 알고 온 거 아니야?"

그렇지.

노망났다고 했지.

그 사람은 다시 말했다.

"그러지 말고 맛있는 식사나 같이 하면서 회포 풀어라. 끝에 있는 냉장고에 도시락이랑 주스 있으니까. 아주아주 비싼 최고급 도시락. 몸에 좋은 거란다."

그러곤 전화가 끊겼다.

나는 쾅 소리를 내며 수화기를 내려놓았다. 할아버지의 팔을 잡아당겼다. 할아버지가 내 힘에 비척비척 끌려왔다. 할아버지를 의자에 앉히고 수향 씨 쪽을 돌아보았다. 이미 시야가 흐려져 있어서 수향 씨의 표정 같은 건 보이지 않았다.

할아버지는 왜 왔어, 하고 물었다. 나는 할아버지의 몰골을 보자마자 더 빨리 오지 못한 걸 후회했는데도. 할아버지, 사람들이 굶겨? 막 가둬? 못살게 굴어? 왜 이렇게 얼굴이 안 좋아? 내가 말을 멈춰야 할아버지가 대답을 할 수 있을 텐데도 일단 나는 총을 쉴 새 없이 연사하듯 말을 이었다. 이기적인 행위였다. 내가 이러한 상황을 예상하지 못했음을 강하게 주장해서 나 자신의 무죄를 입증하려 드는, 억지스런 행동이었다.

"어째 할아버지 면회를 다 왔니, 안 와도 된다."

할아버지는 말했다.

"학교는 다녀왔냐?"

"토요일이야, 오늘."

"그러냐. 하긴 이 안에 있으면 시간 지나가는 걸 잘 모르겠긴 하더라만."

그러더니 할아버지는 수향 씨에게로 고개를 돌려 말했다. 제 손녀를 같이 데리고 와 주셔서 고맙습니다. 몸도 피곤하실 텐데. 머리를 시원하게 자르셨네요. 아주 보기가 좋습니다. 홀가분해 보여요. 그러고는 물었다. 제가 그렇게나 많이 폭삭 늙었습니까? 우리 혜인이가 이렇게 놀랄 만큼?

"……그럼요."

"왜 그런지도 짐작하실 수 있지 않습니까?"

수향 씨는 고개를 끄덕였다. 나는 할아버지의 변화가 하나도 이해가 안 되는데.

20

삶을 더는 자신이 원하는 방향으로 단 0.1도도 틀 수 없다는 무력감이 찾아오면 사람은 그렇게 낡고 해지는 거라고 할아버지는 설명했다. 그래서 센터의 노인들은 입소하자마자 나이를 10년씩 더 먹어 버린 모습이 된다고. 엄마, 아빠가 불러온 센터 차에 실려 이송되던 그 순간, 비용을 지불하는 주체인 엄마와 아빠가 주장한 대로 심신 미약자의 굴레에서 벗어나지 못하리라는 걸 알게된 순간, 할아버지는 곰팡이와 습기에 무방비로 노출된, 버려진 집이 되고 말았다.

굳이 다리 밑에서 산 이유도 그런 것 때문이었다고 할아버지는 설명했다. 속죄하는 방법에는 여러 가지가 있겠으나, 그 아래에 사는 행위가 스스로 선택한 것이라는 사실이 자신을 포기하지 않고, 놓지 않고 살게 했다고.

그리고 할아버지는 물었다. 내가 통협동에 유산을 남기기로 했다는 사실을 아니?

"유산?"

"응. 전액을 기부하게 유서를 썼다. 공증도 받았고."

"아빠랑 엄마는 모르지?"

"모르지."

그 결정이 나를 더 오래 버티게 해 줬을 거야. 할아버지는 덧붙였다. 결국 사람은 자기 삶을 자신이 결정한다는 믿음과 쓸모에 대한 열망을 가지고 사는 것이거든. 날이 이렇게 궂은데도 다들 악착같이 사는 것을 보란 말이야.

"그래도 너희 엄마를 탓하지는 않는다. 내가 속을 많이 썩혔으니. 아마 내가 죽고 나면 유산이 한 푼도 없다는 사실에 꽤 화가 날 테지."

"아빠는?"

나는 꼭 쓸데없이 이런 구멍을 잘 찾아냈다.

"아빠한테는, 탓을 할 구석이 있는 거야?"

할아버지는 입을 꾹 다물었다. 있구나. 확신할 수밖에 없었다. 할아버지는 힘겨운 듯 숨을 몰아쉬면서도 목소리는 내지 않았다. 나를 가만히 쳐다보며 입술만 달싹거렸다. 그렇지, 아빠가 할아버지를 많이 무시하긴 했지. 나는 속으로 지금껏 보아 왔던 장면들을 하나하나 되풀이했다. 할아버지가 지금껏 화를 내지 않은 게 신기할 정도였다. 바보같이.

할아버지는 고개를 젓고서는 드디어 목을 틔웠다. 아니다, 무슨 탓을 하겠니. 좋은 아빠다, 고마운 사위고. 그러더니 수향 씨 쪽을 바라보았다. 입술을 꾹 말아 넣은 채 수향 씨의 얼굴만, 하염없이.

수향 씨가 내게로 얼굴을 돌리더니 눈을 깜박거렸다.

이제 얼추 회포를 풀었으니 우리의 계획을 설명하라는 뜻일 터였다.

그런데 입이 떨어지지 않았다.

물론 할아버지는 내가 사랑하는 사람이다. 또한 한없이 무고하다. 그러니 할아버지를 구해 오는 것은 내가 응당 해야 할 일이다. 아니, 굳이 나로 한정 짓지 않더라도, 세상이 올바른 방향으로 돌아가고 있다면 당연히 할아버지는 구조되어야 한다.

그러나 하루아침에 달라진 할아버지의 외양을 보니 갑자기 겁이 덜컥 났다.

그러면, 수향 씨는 어떻게 되는 건데?

수향 씨 역시 이럴 줄은 몰랐을 것이다. 병실에서 나를 간병하는 할아버지를 봤을 때와 지금의 할아버지가 얼마나 다른지 충분히 눈치챘을 테고, 겁이 날지도 모른다. 갇힌다는 게 이렇게까지 치명적인 일이라고는 짐작하지 못했겠지. 내가 수향 씨였다면 말을 무를지도 모른다. 그렇다, 그럴 것이다. 예상보다도 훨씬 끔찍한 앞날이 발밑에 도사리고 있다면 일단 발을 뒤로 빼는 게 당연지사니까.

그러나 그때 수향 씨의 목소리가 귀에 들어왔다.

"내가 왜 왔는지는 안 물어봐요?"

할아버지가 대답했다.

"어련히 알아서 이야기할까 싶어서요. 오수향이라는 동료는 항상 그랬으니까. 내가 뭔가 말하고 싶지만 단어를 찾지 못하고 그 순서를 배열하지 못할 때 수향 씨는 이미 문장을 만들어 입 밖으로 외치던 사람이라서, 굳이 내가 묻지 않아도 말하겠지 합니다."

"잘 아시네요."

수향 씨는 주저 없이 말했다.

"서창식 씨. 나오고 싶죠? 그렇게 후회만 가득하고 스스로를 미워하는 삶이었다 하더라도 이렇게 끝내서는 안 될 것 같죠?"

그러고는 할아버지가 뭐라고 대답을 하기도 전에 선수를 쳤다.

"나랑 자리를 바꿉시다. 내가 센터로 들어갈게요. 서창식 씨는 나오세요. 나와서, 통협동으로 가세요. 할 수 있는 일을 하세요. 여민이를 돌보는 것도 좋고, 센터의 실태를 폭로하는 것도 좋고, 아니면 그 옛날 우리가 저질렀던 잘못을 지금에서야 사죄하는 것도 좋을 것 같아. 아직 쌩쌩하잖아요. 다리 밑에서 그리 오래 살았으니, 면역력도 강할 거야."

수향 씨가 젊었던 시절의 일들을 설명하며 혼잣말하듯 내게 털어놓았던 것들이 떠올랐다. 할아버지와 수향 씨가 잘못되었다고 확신했던 일들을 세상의 흔한 이치로 받아들이는 사람들이 얼마나 많은지, 두 사람은 동시에 알게 되었다고. 그때 마음이 동하는 대로, 당신이 생각하는 올바른 원칙대로 행동했으면 어떻게 되었을까. 지금과는 다른 선택을 한 자신이 혹시 다른 우주에라도 존재한다는 걸 확실히 알게 된다면 정말 안도할 거라고 수향 씨는 말했었다. 또 다른 수향 씨를 만나고 싶냐는 나의 물음에는 부정했지만. 보면 쪽팔릴 것 같아서. 수향 씨는 도플갱어를 만나기 싫은 이유에 대해 그렇게 대답했었다.

"센터에 들어오겠다고요?"

"정확히 말하면, 내가 서창식 행세를 하겠단 겁니다. 어차피 센터에서는 수용자 신원 확인 안 하잖아요. 다 알고 왔어요. 나와요, 나와서 마치 두 번째 인생 얻은 것처럼 하고 싶은 말 다 하고 후회 없이 살아요."

수향 씨는 내 어깨를 감싸며 말을 이었다.

"혜인이랑도 이미 끝난 이야기예요. 여민이도 도와주고 있고. 통협동에 서창식 씨 머물 곳을 마련해 준답니다."

할아버지가 이해할 수 없다는 표정으로 나를 쳐다보았다. 테이블 위로 침묵이 내려앉았다. 엄마가 보았더라면 퍽 훌륭하다고 감탄했을 법한 샐러드 도시락에는 셋 모두 손조차 대지 않은 상태였다. 어디선가 불어오는 제습 시스템의 바람에 이파리들이 파들파들 떨고 있었다.

마침내 할아버지의 입이 열렸다. 쉰 목소리가 났다.

"……말도 안 되는 일입니다. 당신이야말로 노망이 났네. 어린 애들을 무슨 말로 어떻게 꾀었는지는 몰라도. 피를 나눈 가족도 하지 않을 일을 왜 오수향 씨가 합니까? 오수향 씨는 그저 제 옛 직장 동료일 뿐이잖아요."

"아마 혜인이는 눈치챘을지 모르겠지만 나는 병원에 아파서 입원해 있는 게 아니에요."

수향 씨가 말했다.

"우울증 앓고 툭하면 자살 사고 일삼는 나이롱환자지. 서창식 씨는 차마 남아 있지 못한 그 회사에서 평생을 일하면서 번 돈으로 있는 거예요. 이미 10년도 넘었습니다. 입원했다가, 병상 모자라단 말 들으면 잠시 빼 줬다가, 다시 들어갔다가, 하는 짓을 반복한 지가. 병원 쪽은 나를 호구로 보고 의사와 간호사는 한심함 반, 불쌍함 반으로 나를 쳐다봐요. 내가 그렇게 돈을 함부로 버리는 이유가 뭔지 알아요?"

처음 듣는 말이었다. 할아버지의 시선은 수향 씨에게 완전히 붙박혀 있었다.

"라면 그릇에 얼굴 박고 죽었는데 사흘 동안 아무도 발견을 못할까 봐서."

수향 씨가 속삭였다.

"가뜩이나 비 때문에 썩기도 빨리 썩을 텐데, 구더기 기어가는 내 몸을 혼이 되어 쳐다보면서 들리지도 않을 목소리로 사람들을 불러 모으려 애쓰는 꼬라지가 되고 싶지는 않아서요."

수향 씨는 그러더니 한숨을 쉬었다.

"그렇게 10년을 살았는데 죽지를 않았어요. 이제는 돈이 별로 없습니다. 반년 정도 남았을까. 그 다음엔 무일푼이에요. 병원에서 쫓겨날 거야. 하지만 여기 들어오면 썩기 전에 염이라도 해 주지 않을까요. 서창식 씨, 서 과장님. 나는 너무 오래 산 거예요. 너무 오래……."

수향 씨의 얼굴에 비가 내리고 있었다.

"해도 안 드는 세상에서 너무 오래 살았던 거예요, 내가. 벌을 받는 것 같아요."

나도 성여민도 모르던 수향 씨의 사정이었다.

나중에 그 순간을 떠올려 보면, 왜 아무 말도 해 주지 못했는지 그게 후회가 되고는 했다.

21

　면회실의 문이 예고도 없이 큰 소리를 내며 열린 것은 그때였다. 문을 바라보고 앉아 있던 할아버지의 눈이 커지는 것을 보고 나와 수향 씨도 고개를 일제히 돌렸다. 성여민이었다. 몸의 반이 채 안으로 들어오기도 전에 입이 먼저 열렸다. 당장 도망쳐야 돼요! 성여민이 빠르게 속삭였다. 할아버지 가족들이 왔어요!

　"박혜인, 정신 차리라고. 너희 엄마랑 아빠가 왔다고, 지금, 센터에!"

　성여민은 납품 후 확인을 받기 위해 매일 사무실에 들른다고 했다. 그래야만 일당이 들어오니까. 그러나 담당 직원은 언제나 재깍 확인을 해 주는 법이 없이 악의적인 농땡이를 피웠다. 오늘도 마찬가지였다. 성여민은 입술을 물어뜯으며 초조하게 계속 기다렸다. 우두커니 서 있는데 누군가 말했다.

"너 보기 싫게 거기 서 있을래? 좀 안 보이는 데 있을 수 없냐?"

그래서 성여민은 사무실 옆에 붙어 있는 상담실에 들어가, 하루의 스트레스를 자신에게 풀려고 드는 매끈한 얼굴의 어른들이 마침내 자신을 측은하게 여겨 줄 때만을 기다리고 있었다.

그런데 어느 순간 벽 너머의 사무실 안이 소란스러워진 걸 느꼈다. 상담실에 직원 하나가 부리나케 들어오더니 성여민을 향해 손짓했다. 집에 가라는 거였다.

"저 오늘 납품 확인해 주셔야 일당 받는데요. 오늘 안에 안 해 주시면 깎이잖아요."

성여민의 말에도 막무가내였다. 결국 질질 끌려가다시피 복도로 내쫓겼다. 어디 쏘다니지 말고 당장 돌아가라고 직원은 으르렁거렸다. 그리고 사무실 문이 열리며 다른 직원 하나가 나왔다. 잠시 열렸던 문틈으로 성여민은 유니폼을 입지 않은 어느 부부를 목격했다. 성여민의 담당 직원이 사무실 문을 닫은 동료에게 물었다.

"결국엔 면회를 끊고 들어가겠대요?"

"딸내미가 부모 몰래 온 건가 봐. 몰라, 뭐라고 하는지 이해도 안 되네. 노인네 버리고 갔으면서 말은……. 저런 인간들이 정말 피곤한데."

그러더니 성여민을 보고는 눈살을 찌푸렸다.

"얘 아직도 안 내보냈어? 가뜩이나 지금 펄펄 뛰는데 얼굴 저런 애가 들락거린다는 거 알아 봐. 안 봐도 100프로지, 아주 센터를 뒤집어엎을걸. 끔찍해."

직원이 빠르게 성여민에게 얼굴을 돌려 센터에서 나가라고 다시 한번 을러댔다. 성여민은 자신이 방금 들었던 말을 속으로 빠르게 복기했다. '면회를 끊고 들어가겠다'는 요구.

그래서 우리에게 상황을 전하러 달음질쳐 온 거였다.

엄마랑 아빠가 어떻게 알았지?

계속 기억을 돌려보니 사이드 미러에 계속해서 어른거리던 검은색 형체가 생각났다. 유리에 맺힌 빗물 때문에 잘 보이지 않았지만 지금 돌이켜 보건대 정말 이상한 일이었다. 그토록 인적이 없는 도로였는데 왜 계속 우리 뒤에 차가 있었을까?

어쩌면 처음부터 우리를 따라왔을지도 모른다. 그렇지. 그랬을 확률이 높았다.

"엄마, 아빠가 오기 전에 우리 빨리 다 나가야 돼요."

나는 말했다.

"안 그러면 모조리 다 물거품이 될 거고 그 이후에는 이런 기회를 잡지도 못할 거예요."

그러자 수향 씨가 벌떡 일어나더니 몸을 틀어 옷을 벗었다. 방수 재킷도 벗고 그 안에 받쳐 입은 티도 벗었다. 너무 당황스러워서 벌떡 일어나 수향 씨의 몸을 가리려 했지만 수향 씨는 짧고 딱딱하게 말했다. 앉아라. 평상시의 부드러운 말투와는 다른 그 서슬이 나를 테이블에 앉혀 버렸다. 그러고서 수향 씨는 몽땅 다 드러내 버렸다.

늙고 주름지고 처지고 곰팡이처럼 생긴 무언가가 잔뜩 슬어 버린 것 같은 몸을.

예전에 우리 중 누가 이야기했더라. 수향 씨였던가. 비 때문에 사람들은 불결하고 지저분한 것을 더는 참을 수 없게 되었다고. 그리고 나는 수향 씨의 벗은 몸을 보는 순간, 주름지고 늘어진 가슴팍을 가리고 있는 속옷을 보는 순간 퍼뜩 깨달았다. 불결함과 지저분함을 방지하고 제거한다는 말은, 자연스러운 대상을 구태여 박멸한다는 뜻이기도 하다는 사실을.

그것은 무자비한 기준과 편협한 가치를 좇는 폭력을 의미하기도 한다.

비는 사람들을 바싹 말라비틀어지게 만드는 걸까?

아니면, 비와 비가 내리는 세상을 핑계로 자신에게 이득이 되지 않는 것을 더 편리하게 쓸어 버릴 수 있게 된 걸까?

수향 씨는 할아버지에게 손짓했다.

"환자복 벗어요. 얼른. 거기 고집부리면서 앉아 있어 봤자 상황은 더 나빠지기만 해요. 이번엔 내 말 들어요. 지금 뭐라도 하지 않으면 당신 빼고 우리 셋은 모두 곤란해질 거예요. 혜인이는 집

157

에 갇히고 여민이는 당신 자식에게 시달리고 나는, 몰라, 고소라
도 당할까. 그걸 원하면 가만히 앉아 있든가요."

*

엄마와 아빠가 틀림없이 직원을 떼어 놓고 둘이서 들어올 거라
고 나는 생각했다. 할아버지가 센터에 들어가기 전에도 부끄러워
했고 존재를 숨겼는데, 여기에서라고 다를까. 아니, 여기에서라면
더 체면을 차려야 할 것이다. 사무실에서 벌인 난동만으로도 이
미 창피함의 임계점에 다다랐을 것이니 절대로 남에게 진짜 모습
을 드러내지 않으려 최선을 다할 것이다.

그러므로 우리에겐 아직 할 수 있는 게 많이 남아 있었다.

22

할아버지는 수향 씨의 옷을 입었다. 수향 씨가 사서 입고 온 옷은 할아버지에게도 큰 편이었다. 물론 원체 체구가 작던 우리 할아버지가 센터에서 급격히 말라 아주 왜소해진 덕분이기도 했다.

성여민의 도시락 카트에 할아버지가 올라탔다. 그 위에 방수포를 씌웠다. 사람이 비 맞는 것보다 남에게 보이는 면회실용 도시락 케이스 위에 빗방울이 맺히는 걸 더 신경 쓰는 센터 사람들 덕에 할아버지가 도망칠 수 있게 되었으니 조금은 우스운 일이었다. 성여민은 방수포가 벗겨지지 않도록 검고 두꺼운 줄로 카트의 기둥을 칭칭 동여맸다.

수향 씨가 방수포에 가까이 대고 말했다.

"후회가 된다면 나는 꼭 숨기지 않고 바로 내가 서창식이 아니다, 폭로한 다음 열과 성을 다해서 원상 복구시킬 겁니다. 그러니까 나보다 먼저 픽 죽어 버리지 말고 대기하고 있어요. 서창식 씨가 밖에서 죽으면 센터로 다시 불러들일 사람이 없으니까, 돈에 환장한 이 센터 놈들은 내가 서창식이 아니라고 백번 말해 봤자 똥구멍으로도 듣지 않을 거란 말이야. 알겠어요?"

그러더니 방수포를 툭툭 치며 성여민에게 얼른 나가라고 손짓했다. 성여민이 고개를 끄덕이더니 카트를 밀기 시작했다. 방수포 안쪽에서 뭐라 웅얼거리는 소리가 났는데 잘 들리지 않았다. 수향 씨가 소리를 쳤기 때문이다.

"도시락이 사람 말을 해서야 쓰나!"

그리고 성여민은 문을 열고 나가 사라졌다.

나는 빠르게 카트를 끌고 나가는 성여민의 등을 바라보다가, 문이 완전히 닫히고 나자 고개를 수향 씨 쪽으로 돌렸다. 그러고는 방금 전까지 펄펄 날뛰던 수향 씨가 테이블에 거의 붙다시피 엎어져 있어서 깜짝 놀랐다. 얼굴을 테이블에 완전히 묻은 채였다. 두 눈꺼풀을 누르고 있던 손등에서, 물줄기가 흘러내렸다.

내가 손을 내밀어 보기도 전에 다시 문이 벌컥 열리더니 어른 두 사람이 성큼성큼 걸어 들어왔다. 나를 낳아서 키운 사람들이었다. 그 뒤에는 아무도 없었다. 역시나, 결국엔 추한 꼴을 보이지 않기 위해 애쓸 거란 내 확신이 옳은 거였다. 그런데 이상하지. 내 예상이 맞았다는, 내가 이겼다는 기쁨은 하나도 들지 않았다.

"……뭐야? 여긴 왜 왔어?"

내가 놀랐다는 듯 연기하자 엄마가 쏘아붙였다. 그건 내가 해야 할 말이다, 하고.

"너 정신이 나갔니?"

"뭐?"

생각보다 훨씬 거센 말이 귀에 박혀서, 당황했다.

"할아버지 보러 면회 온 걸 정신이 나갔다고까지 표현할 일이야?"

"내가 지금 그 말을 하는 걸로 보여?"

엄마는 거의 울고 있었다. 깜짝 놀랐다. 왜일까. 내가, 어쨌거나 엄마나 아빠보다는 할아버지를 훨씬 사랑하는 손녀가 몰래 할아버지를 보러 외진 지역까지 온 게 울 만한 일인가?

"너 도대체 밖에서 어떤 남자애랑 무슨 짓을 하고 돌아다니는 거야?"

귀를 의심했다.

"뭐?"

"얼굴 다 얽은 놈이랑 쑥덕대고 돌아다니는 거 온 동네 소문 다 내더니 이제는 그 새끼 차를 타기까지 해?"

엄마의 목소리가 한 글자 한 글자마다 음을 높여 갔다. 마치 혼신의 힘을 다해 절규하는 오페라 가수처럼. 나는 식견이 없어서인지 엄마가 틀어 놓은 오페라를 들을 때마다 기쁠 때도 즐거울 때도 미안할 때도 슬플 때도 그들이 비명을 지른다고 느낄 수밖에 없었다.

내가 성여민과 만났다는 소문이 엄마의 귀까지 들어갔구나. 아마도 그 카페에서의 일 때문에.

"그 새끼 어디 있어?"

아빠가 물었다. 내 뒤를 밟아 왔으면 할아버지에 대해 먼저 물어야 하는 것 아닌가? 내가 할아버지를 면회하러 온 건데, 할아버지가 어떻게 되었는지는 궁금하지도 않은 것일까? 게다가 테이블에는 아직도 수향 씨가 엎드려 있었다. 처음 보는 노인이 크게 위험한 상태에 빠진 것처럼 엎드려 있는 면회실에 들어온 두 사람은, 타인의 안위는 전혀 신경 쓰지 않으며 그저 '얼굴 얽은 아이'에 대한 연유 모를 분노에 휩싸여 있는 것이었다.

어쩌면 엎드려 있는 노인의 앞에서는 천박한 본모습을 보여 주어도 무방하다 생각할 터였다. 센터의 환자복을 입은 노인은 남은 생을 이 센터에서 나가지 못한 채 마무리할 거니까. 이 공간에서의 행동은 세상에는 알려지지 않을 것이다.

나는 외쳤다.

"그 새끼가 누군지는 모르겠고 난 할아버지 보러 왔어. 그런데 왜 갑자기 들이닥쳐서 이러는데? 할아버지를 버렸으면서, 갑자기 왜?"

아주 거대한 몸집을 가진 누군가의 손인형이 된 기분이었다. 입이 멋대로 움직였고 의지는 내 몸이 아니라 아득한 저 멀리에서 왔다.

"할아버지가 어떻게 사는지는 궁금하지도 않지? 어쩌면 빨리 죽어 달라고 바랄 수도 있지, 매달 센터 비용 드는 게 아까울 테니까!"

나는 뇌에 잠시 방수포를 씌우고 끈으로 칭칭 동여맸다. 엄마 쪽으로 시선을 틀었다.

"엄마는 나한테 예전부터 항상 거짓말을 하라고 시켰고, 할아버지를 부끄러워했잖아."

이번에는 아빠 쪽으로.

"나는 한 번도 아빠가 할아버지한테 직접 말을 하는 걸 본 적이 없어! 항상 없는 사람 취급만 하지."

마구 말을 하다가 문득 슬퍼졌다. 왜 이렇게 되었을까? 엄마도 아빠도 원하는 건 하나뿐일 텐데. '평안한' 가정 말이다. 정상적이고 따뜻하며 남이 보기에도 모자람 없이 화목해 보이는 가정. 엄마와 아빠가 지금껏 언어 혹은 물리적 폭력을 휘두르는 사람들이 아니었다는 걸, 나를 나쁘지 않게 아껴 주고 사랑해 주고 큰 소리도 별로 내지 않는 부모였다는 걸 나는 분명하게 인정해야만 했다. 그럼에도 나는 왜 불편했을까? 왜 부모를 악당 위치에 놓고서는 이런 소동을 벌이고 있을까? 엄마와 아빠 입장에서는 충분히, 아주 많이 억울할 수도 있었다.

그러나 세상 모든 악당이 모두에게 악당인 것은 죽어도 아니지. 누군가에게 좋은 사람도 누군가에게는 악당일 수 있다. 사소한 잘못이나 악행을 눈감아 주는 일이 너무 자주 일어나기 때문에 세상이 비뚤어졌겠지.

만약 내가 무슨 소설이나 영화의 주인공이었다면 나는 통협동의 역사를 파헤쳤을 것이다. 통협동 사람들을 격리시키고 지워 버린 악의 우두머리를 찾아내고, 폭로하고, 지금껏 일어난 모든 일을 마치 사진처럼 명확히 세상 사람들 앞에서 재현했을 것이다. 아주 근사한 모습으로, 크고 절대적인 악의 무리를 겨냥해 말이다. 그러나 세상에 뚫린 수많은 함정의 원인에 과연 각각 절대적인 악이 존재할까? 할아버지는 당신을 불편하고 불행하게 만드는 세력의 꼭짓점을 찾지 못해 결국엔 스스로에게 화살을 돌렸다. 찾지 못한 그 이유가, 애초부터 어디에도 주동자 따위 없었기 때문은 아닐까?

너무 많은 곳에 흩뿌려진 채 존재하는 사소한 악의의 찌꺼기들이 모여, 세상을 비가 멈추지도 빗물이 빠지지도 않는 저수지로 만든 것이 아닐까?

뜻밖에도 엄마는 내가 한 말에 큰 충격을 받은 것 같았다.

"엄마랑 아빠는 할아버지를 사랑해."

엄마가 말했다. 목소리가 덜덜 떨리고 있었다.

"엄마가 할아버지한테 뭐라고 하는 것도 다 사랑해서, 걱정해서 하는 말이었어. 여기 모신 것도 마찬가지고."

"할아버지는 노망나지 않았어. 다리 밑에서 사는 게 노망난 거야? 나를 통협동에 데려간 게 노망난 거야? 난 아니라고 생각해. 그런데 엄마랑 아빠가 억지로 센터에 가둔 거잖아. 여기 이상해. 그냥 양로원이 아니잖아. 감옥이나 마찬가지야. 검색도 안 되고 후기도 없고. 이런 곳에 어떻게 할아버지를 맡길 수 있는지 나는 도저히 이해가 안 돼."

침묵이 잠시 내려앉았다.

그걸 깬 것은 아빠였다.

"너를 위해서다."

그런 말을 이용해 기어코 나를 공범으로 엮으려 했다.

"할아버지가 멋대로 행동하시면 피해를 보는 건 우리 가족이거든. 엄마랑 아빠야 이제 자리 잡을 만큼 잡았으니까 어떻게든 방어할 수 있다 쳐도 너한테 가는 피해는 어떻게 막을 수가 없어."

"내가 무슨 피해를 보는데?"

"아빠가 언제까지 할아버지를 두고 불안해해야 할까? 엄마나 아빠가 할아버지가 어디서 무슨 일을 하고 다니는지 몰랐을 것 같아? 그래도 꾹 참았는데, 이제는 무서워서 어쩔 수가 없어. 성실하게 멀쩡히 굴러가는 기업을 악하다고 손가락질하는 할아버지를 사람들이 과연 좋아할까? 가만히 둘까?"

"그런데 그게 왜 '나를 위해서'가 되는데?"

내 물음에, 마침내 아빠가 본심을 드러냈다.

"우리 딸이 응당 가져야 할 것을 할아버지가 옳지 않은 곳으로 넘기려 들잖아."

"유산?"

득달같이 되묻자 아빠는 놀란 기색이었다.

당연하다.

나는 유산 같은 건 하나도 신경 쓰지 않는데, 엄마나 아빠에게는 그러한 태도 자체가 부자연스러운 것일 터이니.

바다를 본 이상 두 사람에게 아무런 기대도 하고 싶지 않았다. 더 이상의 대화는 불필요했다. 게다가 두 사람은 '유산'이라는 두 글자가 나오자마자 지금껏 신경도 안 쓰던 수향 씨 쪽을 곁눈질하며 입술을 말았다. 눈치를 보는 게 분명했다.

나는 주저 없이 말했다.

"나는 그 유산이 내 거라고 생각 안 해. 왜냐하면……."

그리고 시계를 보았다. 이 시간쯤이면 성여민과 할아버지는 이미 탑차에 올라 이곳을 빠져나가고도 남았을 것이다. 이젠 거짓말을 좀 할 필요가 있었다. 이 거짓말이 내가 매일 듣던 엄마와 아빠의 거짓말과는 결도 방향도 다른 것이라고 억지로 믿으면서.

"할아버지는 나도 보고 싶지 않다고 했으니까. 병실에서 안 내려왔다고."

엄마가 아빠를 바라보았다. 아빠가 고개를 저으며 엄마에게 낮게 속삭였다. 아니야, 여보. 아까 그 직원이 말했잖아. 면회실에 불렀다고.

"여기 계신 할아버지가 대신 오셨어."

수향 씨의 뒷덜미가 은색으로 빛났다.

"네 할아버지는 내려올 생각 없다고 하니까 포기하고 집에 가라고 전해 주셨어."

수향 씨의 어깨가 조금씩 떨리고 있었다.

"그러니까 엄한 짓 하지 말고, 그냥 집에 가자고. 엄마랑 아빠가 원했던 것처럼, 할아버지는 지워졌으니까."

나는 그렇게 말하며 먼저 면회실을 나섰다.

23

면회실을 나와 복도를 걷는데 비쭉비쭉 눈물이 나왔다.

수향 씨와 오래 인사할 수 있을 줄 알았다. 성여민의 카트 안에
수향 씨 몰래 넣어 온 선인장이 하나 있었다. 비가 오지 않아도,
비가 오지 않아야만 잘 자라는 선인장. 그리고 손으로 꼬아 만든
팔찌도 있었다. 누비스 대신 찰 수 있는. 선인장을 건네고 팔찌를
채워 준 후 꼭 안아 줄 작정이었다.

그걸 하나도 하지 못했다.

"딸."

엄마가 손을 잡으려 들었지만 일부러 팔을 앞뒤로 마구 휘저으
며 걸었다. 손깍지도 낄 수 없도록 손가락에 힘을 주어 쫙 편 후
손가락 사이를 틈 없이 붙였다. 마음이 부글거리며 끓어올랐다.
지독한 원망의 탄내가 내 안에서 피어올랐다.

"아, 나오셨네요. 아버님은 잘 뵙고 말씀 나누셨나요?"

직원이 물었다. 뭐라고 대답할까, 아빠는. 나는 아빠 쪽을 돌아보았다. 아빠는 입을 꾹 다물고 있었다. 엄마도 마찬가지였다.

"아니요."

내가 말했다. 직원이 나를 돌아보았다.

"아니요, 할아버지를 버렸……."

그때 엄마의 목소리가 내 말을 끊고 들어왔다.

"잘 만나 뵈었어요, 살펴 주신 덕분에 이야기도 많이 나누었습니다."

직원이 묘한 표정으로 나와 엄마를 번갈아 쳐다보았다. 그는 코를 찡긋거리고 미간을 구겼다. 눈동자를 양옆으로 굴리더니, 헛기침을 한 번 했다. 그러고는 말했다. 사실 어르신들 중에서는 아무리 잘해 드리려 해도 왜곡해 받아들이시는 분들이 계십니다. 모쪼록 이해를 부탁드립니다, 저희는 언제나 최선을 다합니다.

"보통 어르신들이 이성을 잃으시면 많이들 그러시죠. 오해하지 않습니다. 저희보다 훨씬 잘 보살펴 주시겠지요."

아빠가 말했지만 그 다음 문장은 들리지 않았다.

사무실 옆 팻말 없는 문의 아래 틈에서 무언가 빼꼼 튀어나왔기 때문이다.

종이였다.

나는 황급히 어른들 쪽을 보았다. 서로 이런저런 이야기, 진실은 하나도 없고 거짓이 가득한 이야기만을 떠드느라 내 쪽은 안중에도 없어 보였다. 내가 조금 움직여도 별 신경을 쓰지 않을 것 같았다. 나는 옆으로 몸을 조금 튼 후, 잽싸게 종이를 낚아채서 손아귀 안에 넣고 구겼다.

"엄마, 나 화장실 좀."

뜻밖에도 엄마는 나를 가로막지 않았다. 빨리 다녀와. 엄마가 말하자마자 직원이 득달같이 화장실의 위치를 알려 주었다. 아마 이 공간의 모든 어른은 똑같은 생각을 하고 있을 게 분명했다. 자신들의 연극을 간파할 수 있는 사람이 이 중 나밖에 없다는 사실. 그러므로 내가 빠져야 더 매끈한 극을 만들 수 있을 거란 사실. 나는 엄마와 아빠가 어떤 거짓말을 하고 있는지 알고 있었다. 동시에, 그 직원이 전전긍긍하는 낌새도 여실히 느꼈다.

화장실 칸에 들어가 문을 걸어 잠근 후 쪽지를 폈다.

'나 갑자기 붙잡혀서 여기 갇혔어. 직원이 나만 데려오고 카트는 버려둠. 승강기 앞에 그대로.'

쪽지 위에서 초면인 필체가 그렇게 말하고 있었다. 심장이 바닥으로 쿵 떨어졌다가 다시 갈비뼈에 붙었다. 내용은 성여민의 것인데, 내가 아는 성여민의 필체가 아니었기 때문이다. 분명 다른 사람이 나를 함정에 빠트리려는 거야. 나는 처음에 생각했다. 내가 성여민 글씨를 모를 줄 알고? 내가 성여민이랑 그렇게 소중하고 가까운 사이가 아닌 줄 알고?

쪽지를 노려보았다. 이런 장난을 해서 얻는 게 뭘까, 의아해하면서.

그런데 진득하게 노려보다 보니 내가 잘못 생각했다는 사실을 깨달았다. 미음과 니은 모두를 아주 둥근 삼각형처럼 써서 서로 헷갈리게 만드는 것, 모음의 수직선 끝을 살짝 구부리는 것, 니은의 각을 아예 없애는 것, 받침의 이응을 너무나 작게 쓰는 것……. 그 모든 버릇이 눈에 들어왔다. 다만 그 버릇의 주인은 지금껏 종이 위에 글씨를 써 본 일이 극히 드물었기에, 그랬기 때문에 서툴렀을 뿐이었다.

첫 줄 아래에 글이 더 있었다.

'너희 아빠가 나 잡아 놓으라고 그랬대. 혹시 나 보면 역겨운 척하고 나가. 최대한 시간 끌 테니까 나가서 카트 찾아. 할아버지랑 나가.'

역겨운 척하라니. 내가 말도 안 된다며 폐기한 바로 그 방법을 다시 쓰라고 하다니. 성여민은 우리가 친해진 걸 엄마와 아빠가 알게 됐다는 사실을 모르니 그런 생각을 할 수 있었겠지.

나는 슬펐다. 연기로라도 그런 짓은 하고 싶지 않았다.

일단은 정신을 차리고, 엄마와 아빠의 의심을 사지 않도록 빠져나가는 게 우선이었다.

성여민이 그렸던 도면을 머릿속에 떠올렸다. 성여민은 면회실에서 나가 카트를 밀면서 탑차가 주차되어 있는 곳으로 가려 했을 것이다.

통협동에서 온 사람들이 차를 세우는 곳은 센터 뒤쪽의 공터다. 거기서부터 카트를 밀고 와서 화물 수송용 승강기를 탄다. 그 승강기는 화물뿐 아니라 센터에서 일하는 통협동 사람들이 사용하는 승강기로, 사무실과 반대쪽 끝에 있다. 승강기에서 내리면 바로 출입문 하나를 마주하는데, 본인 소유의 카드를 찍어야만 열린다. 면회실이나 납품 확인을 받을 수 있는 사무실까지는 한 층을 둥글게 반 바퀴쯤 돌아야 한다. 사무실 바로 앞에 있는 승강기를 이용하는 방문객과는 만날 수 없는 동선이다. 방문객과 성여민이 마주칠 위험이 있는 곳은 사무실 바로 앞과 면회실 내부뿐이다.

성여민은 면회실에서 카트를 끌고 바로 화물용 승강기 쪽으로 갔을 터였다. 나나 엄마, 아빠가 못 본 게 당연했다. 방문객과 통협동 노동자의 옷깃조차 서로 스치지 않도록 노력한 센터의 덕이라고 해야 할까. 카트가 덩그러니 서 있을 곳이 어디쯤일지 알 것 같았다.

그러나, 내가 카트를 끌고 이곳을 탈출할 수 있을까? 주차장까지만 가면 되는 문제가 아니었다. 나는 성여민의 고물 차를 운전할 수 없었다. 할아버지는 아직 운전법을 기억하고 있을지도 모르지만 아까 본 할아버지의 앙상한 팔다리를 떠올리면 할아버지에게 무언가 일을 맡긴다는 건 불가능에 가까웠다.

　그렇지만, 지레 겁먹고 걱정하지 말자.

　나는 마침내 결단을 내렸다. 망설이다가는 아무것도 안 된다. 일단은 저지르고 보는 거다.

24

방문객들이 통협동 사람들을 보고 혐오스러워할까 봐 서로 마
주치지 않도록 동선을 짜 둔 게 할아버지의 탈출에 이득이 되다니.

복도 한구석에 덩그러니 혼자 놓인 카트를 쉽게 발견할 수 있
었다. 할아버지! 내가 방수포 옆에 가서 속삭이자 안에서 끙, 하는
소리가 났다. 이어 할아버지가 물었다. 혜인이냐?

"응."

"여민이는?"

"사무실에."

나는 쪽지가 잘 있는지 주머니를 만져 확인해 보았다. 아빠가
성여민을 가둬 놓으라고 주문했다는 말은 아직 할아버지에게 하
지 않는 편이 나았다. 나도 믿을 수 없었으니까. 드라마 속 조직폭
력배도 아니고, 영화 속에서 보는 사이비 종교 단체의 신도도 아

니고, 그저 우리 아빠가, 평범한 아저씨가, 남의 시선을 무지하게 신경 쓰는 그 어른이 그런 짓을 하다니.

"우리 둘이 일단 먼저 빠져나가래, 여민이가. 같이 탑차로 가 있자."

나는 말하면서, 카트의 손잡이를 잡았다. 성여민이 이걸 어떻게 움직였더라? 힘을 주었지만 앞으로 나가지는 않고 오히려 뒷바퀴 쪽이 들렸다. 방수포 아래서 어이쿠, 하고 외마디 소리가 흘러나왔다. 할아버지가 미끄러져 바닥에 부딪칠 뻔한 모양이었다. 미안해, 할아버지! 속삭이며 다시 힘을 주었다. 그러나 여전히 앞으로 나아가지 않았다. 마치 바퀴를 땅에 딱 붙여 놓은 것만 같았다.

그 순간 내가 느낀 감정을 무어라 표현해야 할까.

바보가 된 기분이라고 말한다면 편하겠으나 방향이 그와는 조금 달랐다.

그러니까 나는, 어땠느냐 하면.

일순간 서글퍼졌다.

할아버지를 부르러 가던 날들을 생각했다. 나는 할아버지가 다른 어른과는 달라서 좋았다. 그러나 이해하지는 못했다. 엄마와 아빠가 애써 쌓아 온 가정의 모습, 그리고 학교와 학원 정도가 내 세계의 전부였고 그곳을 움직이는 태엽의 회전에서 할아버지는 완전히 튕겨 나와 있었기 때문에.

할아버지가 내게 삶이 슬펐던 이유를 굳이 직접 설명하려고 하지 않았다는 사실을, 나는 턱턱 걸리는 카트의 손잡이를 잡고 나서야 깨달았다.

아이들은 커다란 태엽의 움직임에 맞춰 빙글빙글 도는 지구 크기의 회전목마가 세상의 전부인 줄 알고, 거기서 어떤 자리를 차지하느냐에 따라 내 삶이란 놈이 안녕할지 아닐지 결판 날 거라 믿는다. 누군가는 말 위에 오르고 누군가는 마차에 앉고 누군가는 바닥에 쪼그려야 하겠지. 일단 자리를 잡고 나면 바깥의 뭉개진 색채를 보며 신나게 손을 흔드는 것이다. 그쪽에는 어른들이 있다. 엄마와 아빠가. 내가 좋은 자리에 앉기만 한다면 크게 만족하는 두 사람이 연신 내 사진을 찍어 줄 것이다.

그러나 나는 아무것도 못한다. 일어날 수도 없고 발을 내디딜 수도 없고 그 끝없는 회전의 구심력을 이겨내며 바깥으로 튕겨 나갈 수도 없다. 그저 그 각속도에 맞춰 살며 그게 생의 전부라 여긴다.

카트 하나도 제대로 다루지 못하는 인간이 될 때까지.

성여민은 그 세계의 어디쯤에 있을까? 회전목마를 조작할 수도 있고 전기를 생산할 수도 있고 나를 찍은 필름을 인화할 수도 있겠지. 어쨌든 뱅글뱅글 돌기만 하지는 않을 것이다. 회전목마를 칠한 페인트의 색깔과 요란한 음악에 현혹되지 않을 것이다.

바깥을 아니까.

할아버지는 비척비척 놀이공원의 출구를 향해 걸어가는 한 사람이려나.

혹은 놀이공원의 보이지 않는 사람들을 발견하고서는 회전목마에서 내려온 단 한 사람이려나.

할아버지가 방수포 속에서 무어라 중얼거리는 소리가 들려 그쪽으로 허리를 숙였다.

"……뭐?"

"바퀴를 봐라. 거기 보면 브레이크를 걸어 놨을 거야."

"브레이크?"

"무언가 굴러가지 않게 막고 있는 장치가 있어. 발등으로 들어올리면 될 거다."

할아버지의 말을 듣자, 그제야 보였다. 쇠로 된 장치가 있었다. 시키는 대로 발등을 넣어 올리자 탕, 하는 소리를 내며 브레이크가 움직였다.

정말 아무것도 모르는구나, 나는, 하는 생각에 빗물처럼 쏟아지는 자괴감을 막을 방법은 딱 두 가지였다. 첫째, 이 일화를 나중에 성여민에게 아무렇지 않은 것처럼 털어놓으며 낄낄 웃는 나 자신을 상상하기. 그러려면 나도 성여민도 무사히, 상처받는 일 없이 센터를 빠져나가야 한다. 실패하지 않아야 하고 할아버지를 뺏기지 않아야 한다.

두 번째 방법은 일단 몸을 빨리 움직이는 것이었다.

나는 다시 카트를 밀었다. 이전의 방식으로는 도저히 움직일 수 없을 것 같아 미는 방식을 조금 달리했다. 몸의 무게 중심을 한쪽 다리로 옮기고, 단전에 힘을 주었다. 그러자 카트가 꾸물꾸물 움직이기 시작했다.

　화물용 승강기 앞의 출입문은 들어올 땐 출입증을 찍어야 열렸지만 나갈 땐 자동이었다. CCTV 하나가 덩그러니 천장의 구석에 붙어 있긴 했으나 성여민이 얻은 정보로는 고장 난 지 오래라고 했다. 그래도 신중해야 했다. 나는 출입문으로부터 몇 발자국 전에 카트를 움직이던 손을 잠시 놓고서는 후드집업을 허리께에 위태롭게 둘렀다. 몇 발짝 더 움직이자 내가 원하던 위치에서 옷이 바닥으로 떨어졌다. 누군가 지나가다 옷을 주워 들지 않는 한, 자동문은 문틈에 떨어진 옷에 걸려 개폐를 반복할 것이었다.

　승강기를 타고 1층으로 내려갔다. 건물의 뒤에, 방문객과 동선이 겹치지 않도록 마련된 지저분한 납품용 출입구가 눈앞에 들어왔다. 나는 허리까지 오는 풀이 무성하게 자란 담장 밖 공터까지 낑낑거리며 카트를 밀고 갔다. 내 누비스의 영향 덕에 방수포에는 빗방울 하나 맺히지 않았다. 그러나 내가 손을 놓으면 바로 빗물투성이가 될 터였다.

　성여민의 탑차 근처에 도착해 숨을 골랐다. 땀이 비 오듯 쏟아진다는 표현이 상투적이라고 생각했는데 지금은 정말로, 땀줄기가 내 옆으로 떨어지는 비만큼이나 촘촘하고 거세게 흘러내리고 있었다.

"할아버지, 다 왔어."

그렇게 말하면서 방수포를 카트의 기둥에 고정시키고 있던 검은 줄을 풀었다. 장력이 만만찮고 촉감이 억세서 손에 상처가 났다. 다 풀어 놓고 방수포의 한쪽 끝을 살짝 들었다. 할아버지의 두 발이 눈에 들어왔다.

"여민이 그놈이 차 키를 몰래 틈새로 넣고 갔다."

차 키를 쥐고 있는 손이 보였다. 쪼글쪼글한 주름과 힘없는 거죽 위로 힘줄이 돋아 있었다.

"웃기네, 걔도……. 누가 운전을 할 줄 안다고."

"할아버지가 20년 전까지는 운전을 했어. 기억할 수 있을 거다."

"밟을 힘은 있어?"

내가 말하자 할아버지는 답 없이 쿨럭거리는 소리만 냈다.

일단 차 키로 문을 열어 할아버지를 조수석에 태웠다. 카트는 화물칸에 실었다. 할아버지는 핸들을 손으로 쓸었다. 오랜만에 만져 본다고 중얼거리면서.

성여민이 차 키를 할아버지에게 넘겼다는 말은, 일단 먼저 탈출하라는 뜻인 게 분명했다. 하지만 이대로 떠날 수는 없었다. 왜 우리 아빠가 걔를 그런 식으로 '가둬 놨는지' 알아야만 했다.

성여민은 그런 식의 취급을 받을 애가 아니었다.

걔는, 내 친구였다.

착하고 똑똑하고 가끔 귀엽고 나와 같은 생각을 하며 또 내가 소중히 여기는 누군가를 같은 방식으로 아끼는.

그 모든 수식에 엄마와 아빠는 반대를 하겠지만 말이다.

"할아버지."

할아버지도 이런 기분이었을까?

가만히 있어서는 안 되겠다고 결심했던 그 순간에?

"할아버지, 나 성여민한테 갔다 올게."

그러자 할아버지는 날 말리지 않고 다만 말했다.

"꼭, 꼭 같이 돌아와라. 우리 혜인이는 할아버지랑은 다르니까."

그런 말 하지 마. 다시 고요한 공기를 사이에 두고 앉아 서로의 손을 맞잡고 느리게 이야기할 수 있는 시간이 온다면 꼭 할아버지에게 몇 번이고 당부하며 약속을 얻어 내겠다고 다짐했다. 다시는 그런 말 하지 않기로.

25

 불쌍한 자동문은 아직까지 개폐를 반복하고 있었다. 문을 막고 있는 옷을 집어 들고서는 다시 사무실을 향해 뛰었다. 발소리가 나지 않게 하기 위해 발뒤꿈치를 들고서. 어차피 아무도 나를 보지 않을 테니 폼이 우습든 말든 상관없었다.

 둥근 트랙 같은 복도를 돌아 사무실 앞까지 왔지만 엄마와 아빠는 보이지 않았다. 사무실에 노크를 한 후 문을 열자 머그잔을 들고 삼삼오오 모여서 머리를 맞대고 있던 직원들이 일제히 나를 바라보았다. 내가 입을 열기도 전에 직원 하나가 다가오더니 먼저 말을 걸었다.

 "부모님께서 잠깐 일이 생기셔서, 상담을 좀 하고 계신데 어른들끼리의 이야기라."

 "네?"

"면회실에서 기다리라고 하시던데……."

벽이 얇은지 옆방의 고함 소리가 생생하게 울려 퍼졌다. 아빠였다. 직원이 움찔하더니 내게 다시 말했다. 얼른 가자, 하고.

그리고 뒤에 늘어선 직원들이 입을 비틀며 웃는 것을 나는 보고 말았다. 그럴 수밖에 없는 내용을 아빠가 외치고 있었으니까.

위선이 벗겨지는 순간.

아마 사람들은 자신의 흠결과 똑 닮은 흠결을 보이는 상대를 가장 배척하고, 비난하며, 또 가장 우스워하지 않을까. 자신의 흠결이 어디에 어떤 모양으로 생겨나 있는지 사람들은 절대 돌아보거나 파악하려 들지 않기 때문에. 일부러 외면하려 드는 것도 아니고, 아예 감각기가 마비되어 버렸기 때문에. 대화가 통하지 않는 배우들끼리 우스꽝스러운 상황을 연출하는 코미디 프로그램을 볼 때마다 나는 그게 우리 가족의 매일과 다를 바가 무엇인가 고민하고는 했다. 아빠는 자신이 그 배우처럼 행동한다는 것을 인지하지 못했다.

센터의 직원들도 마찬가지였다. 센터의 흠결은 위선이다. 그리고 아빠의 흠결 역시 그러하다. 아빠는 지금 위선이라는 외피를 벗어던지며 못난 어린애처럼 억지를 부리고 있다. 똑같은 위선을 팔며 먹고사는 어른들이 아빠를 비웃고 있다.

해가 밝게 나는 날이 존재하는 세상이었다면 무언가 달랐을까?

나는 다시 면회실로 돌아가서 기다릴 것을 채근하는 직원에게 말했다. 여기 있을게요. 엄마랑 아빠에겐 말 안 할게요, 면회실에 있었다고 할게요. 저도 우리 집이 어떻게 돌아가는지는 알고 싶으니까.

"정혜 샘, 여기 안쪽에 앉아 있으라고 해."

뒤에서 소곤대던 직원 중 하나가 말했다. 그 목소리에서 무료한 일상을 전복시킬 이야깃거리에 잔뜩 신이 난 이의 흥분이 듬뿍 묻어 있었다.

나는 누군가 마련해 준 자리에 앉았다. 출입문에서는 보이지 않는 깊숙한 빈자리였다. 벽과 가까워 의자에 앉은 채 귀를 대고 있을 수 있었다. 누군가 등 뒤에서 비꼬듯 말했다.

"날림으로 공사한 게 이럴 때 도움이 되네요. 벽 두툼하게 잘 세웠으면 우리가 남의 집 사정을 알 수나 있었겠어요?"

∗

할아버지는 내게 모든 것을 말하지 않았다.

할아버지는 아빠에 대해 말하지 않았다.

아주 나중에 할아버지에게 이유를 물었더니 할아버지는 대답했다.

하나밖에 없는 손녀가 자신을 낳아 준 부모에게 사랑받으며 행복한 시절을 나는 것을, 도저히 막을 수가 없었다고 말이다.

너에게 네 아버지를 미워하도록 만드는 할아버지가 되고 싶지는 않았다. 그건 아주 못난 노인이나 하는 짓이니까. 할아버지는 변명했다.

그때 나는 되물었다.

할아버지, 나는 할아버지 그 자체야. 할아버지가 바로 나야. 그걸 알면서도 그랬어?

할아버지는 대답했다.

너는 나처럼 안 힘들었으면 좋겠다고 생각했으니까.

세상엔 어쩔 수 없이 힘들어야만 하는 사람도 있다. 아직 녹슬지도 침수되지도 않은 감각기를 가지고 태어난 사람들. 그들은 자신의 감각기가 느끼는 바를 적은 후 흐르는 물에 띄워 세상으로 내보낼 것이다. 종이에는 적을 수 없다. 비를 맞지 않는 사람들이 쉽게 쓰는 종이는 젖어 해지고 찢어지기에 사용해서는 안 된다. 종이배 같은 건 안 된다. 성여민이 하던 것처럼 누군가 버린 판자를 가져와서, 비닐을 씌워, 단단하게 만들어야 한다.

단단하게 만들었다고 스스로를 믿어야 한다.

만약 잘난 척을 좀 할 수 있다면 그게 바로 할아버지와 내가 다른 유일한 점이라고 나는 생각했다. 나는 바꿀 수 있다. 더 많이 말할 수 있다.

할아버지의 유전자는 내 것이 되어 바뀌었고 또한 과감해졌다. 엄마도 아빠도 그걸 모른다. 어쩌면 한참 나중에 알 수도 있다. 그럴 가능성이 다분하다.

*

통협동을 돕는 이들의 모임이 있었다. 통협동에 가서 자주 봉사 활동을 했고, 누비스 없이 내리는 비를 맞으며 여기저기서 시위를 했다. 세차게 내리는 빗줄기에 아랑곳없이 아침에 만 머리의 볼륨과, 정성 들여 한 화장과, 젖으면 상하는 옷감으로 만든 옷을 뽐내며 지나가는 사람들 앞에서 두상의 모양대로 철썩 붙어버린 머리를 한 채, 울고 있는 사람처럼 축축한 볼을 하고, 이전 시대의 유산 중 하나인 우비를 걸치고서는 무언가를 적은 판자를 들고 서 있었다.

시위는 기사화조차 된 적이 없었다. 지나가는 행인들은 서로에게 물었다. 땅값이 싼 것엔 이유가 있는 게 당연한 거 아냐? 아프기 싫으면 얼른 돈을 벌어서 그 동네를 뜨든지, 아니면 누비스를 구독하면 되잖아? 왜 떼를 써? 그런 논리로 무장하고서는 판자에 적힌 글자를 보지도 않고 웃거나 시비를 걸며 지나갔다.

왜 떼를 쓰느냐고 욕을 하던 사람들은 자신의 일터에서도, 끼니를 해결하는 식당에서도, 누비스를 켠 채 연인과 걷는 산책로에서도, 그리고 잠들기 전 엄지를 이리저리 움직이며 항해하는 모니터의 빛 속에서도 얼굴에 붉은 무늬가 있는 사람들이 일상에서 보이지 않는 이유가 과연 무엇일지 상상하지 못했다. 그 사람들의 얼굴이 '낯설다는' 점이 곧 자신이 얼마나 안온하고 편협한 세계에 살고 있는지를 방증한다는 사실을, 그들은 절대 인정하지 않았다.

집을 나가기 전부터 할아버지는 그 시위에 자주 나갔다고 했다. 주도하는 이는 아니었다. 아니, 주도하는 이는 없었다. 정해진 거라곤 일시와 장소뿐이었다. 어느 날엔 한 명이 있었고 또 어느 날엔 스무 명이 있었다. 누구도 강제하지 않은 모임이었다. 할아버지는 당신이 그 정도밖에 할 수 없는 인간이라고 자조하면서도 그곳에 매주 나갔다고 했다. 아무에게도 이야기하지 않고.

그러나 엄마가 결혼하겠다며 남자 하나를 데려온 순간 할아버지가 천천히, 얼기설기, 하지만 그 꾸준한 시간을 통해 정성스레 쌓아 올리던 둑, 미친 듯 소용돌이치며 밀려드는 자책감과 자괴감의 홍수를 막아 낼 수 있는 유일한 방어책이 속절없이 무너져 내렸다.

"아빠. 도대체 무슨 짓을 하고 다니는 건진 모르겠는데."

엄마는 울면서 말했다.

"내 생각도 좀 해 줘. 나 진짜 행복하고 싶어. 아빠랑 살 땐 행복하지 않았어. 오빠는 정말 나를 행복하게 해 줄 수 있어. 나한테 아빠가 좋은 아빠였던 것 같아? 아니잖아. 내가 불쌍하지도 않아?"

그 남자, 그러니까 그 당시 엄마의 애인, 지금 나의 아빠인 사람은 누비스의 연구원이었다. 머리가 비상했기에 사랑받았고 이미 직위가 높았다. 어떻게 하면 이 끔찍한 시대에 편하게 살 수 있을까? 어떻게 하면 보송할 수 있을까? 그 남자는 그걸 연구했다. 효과적인 결과가 나올수록 유의미한 보상을 받았다. 성과는 너무나 달콤했다. 빗물에 녹지 않는 솜사탕 같았다.

그 남자는 자신의 앞날을 어느 노인이 막는 걸 용납할 수 없었다. 그래서 물었다. 자기야, 아버님이 계속 그 일을 하실까?

'우리'의 미래에 반하는 일을?

할아버지는 시위를 시작하기 전보다 더 많은 걸 알고 있었다. 처음에는 그저 '여기에도 사람이 있다'는 사실을 전하기 위해서였지만 함께 피켓을 들으러 온 사람들은 각각 다른 이야기를 했다. 그 많은 사연을 듣고 나서야 할아버지는 당신 역시 은연중에 통협동 사람들을 당신과는 '다른 종'처럼 여기고 동정해 왔다는 사실을 깨달았다. 할아버지는 절대로 그곳 사람들처럼 될 수 없었다.

할아버지와 동료들은 사람들에게 외쳤다. 누비스의 연구소에서 얼마나 많은 오염 물질이 방류되고 있는지 아느냐고, 매일같이 동물 실험을 시행한 후 그 결과를 적기 위해 고용되어 일하던 사람들이 지금 어디에 있는지 아느냐고 말이다.

사람들은 아무 관심을 가지지 않았다. 누비스에서는 잘못한 게 없다는 투로 일관했다. 통협동에 오수를 버리는 것은 나라에서 허가한 일이며, 피부에 무늬가 생기는 것 혹은 무늬가 있는 아이들을 낳는 것과 누비스 워터프루프 시스템 사이의 상관관계는 밝혀지지 않았다고.

어디서 오염되었을지 어떻게 아는가, 우리는 잘못한 것이 없다. 그게 끝이었다. 통협동은 그렇게 '자연 발생'한 동네로 남고 말았다. 무관심한 사람들의 인식 속에서.

우리 아빠는 누비스에서 오래 일했고 능력을 인정받아 더 좋은 조건으로 이직을 했다. 져야 할 책임 같은 건 하나도 없었다.

∗

그때, 무료한 일상에 불현듯 유성처럼 떨어진 사건에 흥분하여 수군대고 흘끔거리던 어른들의 공간에서, 벽에 귀를 대고 한참을 듣다가 정신을 차려보니 어금니가 아팠다. 이를 악물고 있었기 때문이다.

26

내가 어려서 그렇다고, 나중에 아빠 나이가 되어 보면 내가 무얼 잘못했고 어떤 걸 오해했는지 알게 될 거라고 엄마는 말했다. 그러나 나는 확언할 수 있다. 엄마의 그 저주 같은 예언이 진실이라면 나는 그게 현실이 되지 않게끔 끊임없이 나 자신을 들여다보고 다잡고 가끔은 혹독할 정도로 다그칠 거라고. 깔끔한 허상만을 좇아 달려온 사람들이 결국엔 이런 세상을 만들지 않았나. 절대 그 흐름대로 따라가지 않을 테다.

나는 처음부터 그렇게 태어난 사람이니까.

내가 기함했던 점은 아빠가 '협박'을 하고 있다는 사실이었다. 센터의 벽은 너무 얇아서 아빠의 악의적인 권위를 하나도 걸러주지 못했다. 윗사람이 아랫사람에게, 연장자가 어린 이에게, 부유한 사람이 그렇지 않은 자에게, 아군이 많은 누군가가 홀로인 사람에게 하는 협박이 정당화될 수 있는 경우가 과연 존재할까?
나는 그렇게 생각하지 않았다. 어쩌면 내가, 학교에서 멸시받지
않았다면, '잘나가는' 아이였다면, 일종의 작동 원리를 잘 이해하
고 내재화한 사람이었다면, 결국 권위란 것에 알러지 반응을 일
으키지 않았을지도 모른다. 그러니 엄마도 아빠도 딸을 완전히
알지 못했다고 해석해야 할 것 같다.

할아버지는 오랜 세월을 거쳐 그 모든 몰이해를 감당해야 했을
것이다. 그제야 나는 할아버지가 어떤 것을 힘들어했는지 알았고,
남들도 다들 그렇게 사니까, 가족이 있으니까, 미래를 염두에 둬
야 하니까, 하는 말들은 절대로 심장에 드리운 절망과 분노를 걷
어 낼 수 없다는 사실을 깨달았다.

*

아빠가 성여민에게 외치는 소리가 들렸다. 내가 네 인생을 끝
장낼 수 있다는 걸 알면서도 이러는 거냐? 너뿐 아니야, 통협동
전체를 깡그리 잠기게 만들 수도 있지. 너 한 사람의 욕심 때문에
그 더러운 터전마저 잃을 수 있다고, 알아들어?

"제가 뭘 잘못했다고 이러시는데요."

"뭘 잘못했느냐고?"

아빠는 숨이 찬 듯 헐떡였다. 그 작은 아이 앞에서 오르락내리

락할 커다란 가슴통과 배를, 보지 않고도 그릴 수 있었다.

"유산 받겠다고 정신 나간 노인네를 꾄 건 죄가 아니고?"

"제가 받겠다고 한 적 없어요."

성여민의 말에 이어지는 목소리는 엄마의 것이었다. 분노를 최대한으로 누그러뜨린, 나긋한 척하는 목소리. 내가 익히 들어 아는 음색.

"그러면 포기하기는 더 쉽겠네. 원치 않았던 거니까."

"저한테 이러실 게 아니라 할아버지한테 직접 말씀하세요. 서가 할아버지가 아저씨를 진짜 가족으로 생각하신다면 아저씨 말을 들을 거 아니에요."

아빠가 비명을 지르듯 고함을 쳤다. 곧이어 크고 무거운 무언가를 집어던지는 소음이 이어졌다. 나는 주변의 직원들을 돌아보았다. 이 정도면 제지해야 하는 것이 아닌가? 어떻게 이렇게 평온한가? 그러나 아무도 동요하는 기색이 없었다. 직원 한 명 정도가 커피를 마시다 나를 흘끔 쳐다봤을 뿐이다.

"뭐라도 좀 하셔야 하는 것 아니에요?"

내가 묻자 직원은 이렇게 대답했다.

"응, 밖에 이야기 새어 나갈 일 없으니 걱정 말렴. 우리 직원들이 본 집안 싸움이 몇 건인데. 다 밖에서는 절대 발설하지 않겠다고 각서까지 쓴다고."

그 뜻이 아니었는데요, 하고 말하자 그다음의 대답은 이랬다.

"아, 저 애? 걱정 말렴. 위협 같은 건 못할 애고, 만약 위험해지면 우리가 바로 투입될 거니까. 그래서 다 여기서 대기하고 있는 거란다, 엿듣는 게 아니라."

위협은 우리 아빠가 성여민한테 하고 있는 건데. 나에게 처음 보는 어른이 그런 식으로 내 삶을 망가뜨릴 거라 협박한다면 나는 꿋꿋하게 견딜 수 있을까? 너무나 공포스럽지 않을까? 아빠의 목소리는 미친 사람의 것 같았다. 아빠는 뉴스에서 볼 수 있는 온갖 정치인과 기업인의 이름까지 들먹이며 야생 동물처럼 몸집을 부풀리고 있었다. 그 이름의 주인들이 과연 아빠를 알까? 나는 눈을 질끈 감았다. 허언의 혀뿌리를 멈추게 하고 싶었다. 겨우 할아버지의 쥐꼬리만 한 유산 때문에 사람을 그리도 협박할 거면서, 자신이 대단한 권력을 가진 척 행세하는 것은 모순이란 생각을 하지 못하는 걸까?

그때 요란하게 인터폰이 울렸다. 수화기를 든 이가 무어라 이야길 하더니 수화기를 내려놓고 내게 고개를 돌렸다.

"할아버지가 안 올라가셨니?"

나는 눈을 둥그렇게 떴다. 긍정과 부정 중 어떤 대답을 해야 상황을 그르치지 않을지 전혀 감이 잡히지 않았기 때문이다. 다행히 직원은 내 답을 기다리지 않고 말을 이었다.

"청소원이 들어갔다가 할아버지가 아직도 계셔서 깜짝 놀랐다고. 다음 면회객 들어오기 10분 전인데 안 올라가신다네. 네가 가서 말 좀 해 볼래?"

그러고는 턱짓으로 상담실이 있는 벽 쪽을 가리키더니 저기 내가 끼어들 수도 없고, 하며 덧붙였다.

나는 벌떡 일어났다. 면회실로 혼자 갈 수 있다는 내 말에 그 직원은 "그래, 보다시피 우리가 할 일이 좀 많니"라고 대답했다. 사무실의 문을 닫기 전에 "그럼 우리가 데려다줄 줄 알았던 거야? 공주가 따로 없네"라고 누군가 비꼬는 소리를 듣고 말았다.

면회실로 향하는 복도를 걸으며 성여민이 그렸던 도면을 생각했다. 사무실 옆에 있는 곳은 상담실. 미니 면회실 같은 느낌의 장소. 그나마 전망이 가장 좋은 방향을 향해 난 창문이 있었는데, 어느 날 가족에게 이끌려 와 강제 입소를 앞두고 있던 노인이 뛰어내린 후로는 어느 화가로부터 창문을 덮는 커다란 그림을 사서 걸어 두었다고 했다. 그리고…….

상담실을 청소하는 이도 역시나 통협동 주민이었다. 외부인에게 공개되는 면회실과 상담실의 경우 다른 곳보다 자주 청소가 필요했다. 그러나 보기 흉한 청소원이 방문객의 눈에 띄지 않아야 했기 때문에 그곳들에는 청소원이 지나다니는 통로가 따로 붙어 있었다. '관계자 외 출입금지'라는 표지를 단 문으로 연결된. 청소원은 근무 시간 내내 통로에서 대기하다가, 상담실과 면회실이 빌 때마다 수시로 들어가 청결을 유지해야 한다고 했다. 조금이라도 늦으면 금세 다시 새로운 외부인이 들어오기 때문에 신속하게 청소해야 한다고. 그 통로는 외부인이 들어올 리가 없는 직원용 화장실과 연결되어 있고, 거기서 나는 냄새가 통로에 지독하게 배어 있다는 이야기도 성여민이 덤으로 해 줬었다.

나는 면회실의 문을 열었다. 그리고 마주한 두 사람의 얼굴이 눈물로 온통 얼룩져 있는 것을 보고 깜짝 놀라고 말았다. 청소원 유니폼을 입고 있는 이는 초면이었고 다른 한 사람은, 다시 볼 일 없을 거라 생각했던 수향 씨였다. 울고 있는 수향 씨의 얼굴이 붉게 물들어 있어서 맞은편의 사람, 붉은 도마뱀이 새겨진 그의 얼굴과 큰 차이가 없어 보였다.

"수향 씨."

내가 불렀지만 수향 씨는 고개를 저었다. 입을 꾹 다물고서는, 일어나더니 손을 들었다. 그러고는 인사하는 것처럼 흔들었다.

입을 열더니 딴소리만 했다.

"여기 계신 분이 너랑 이름이 정말 비슷하더라. 깜짝 놀랐어."

그러고는 등을 돌려서, 아무 용건 없다는 듯 병동 쪽 문을 지나 사라져 버렸다.

27

 인혜 씨는 우리의 계획을 전혀 알지 못했다. 정보가 새어 나가 일을 그르칠까 걱정한 성여민이 자신과 아주 가까운 사람들에게 만 계획을 공유했기 때문이었다. 애당초 성여민과 나이 차이가 스무 살 정도 나는 인혜 씨는 성여민과 말을 틀 기회 자체가 없다 시피 했다.

 더욱이, 인혜 씨의 부모는 오래전 어린 인혜 씨를 버리고 통협 동을 나가 성형 수술을 받은 사람들이었다. 그들의 삶이 성공적 이었는지는 알 수 없지만 인혜 씨는 도망친 이들의 자식이라는 굴레에서 벗어나지 못했다. 그러니 인혜 씨는 아무런 관계가 없 는 남자아이를 챙기는 매끈한 얼굴의 '서가 할아버지'에 대해 오 해와 냉대를 일삼는 주변의 이들에게 의아함을 품었다. 인혜 씨 는 어려서부터 버려졌으니까. 지금까지 누구도 그 허연 얼굴의 노인이 통협동 사람들에게 하는 것처럼 자신을 보살펴 준 적이 없었으니까.

인혜 씨는 가끔 할아버지와 마주치면 자신을 모르는 게 분명함에도 인사를 했다고 한다. 성여민을 보면서 그 옛날의 어렸던 자신을 생각했기 때문이다. 그리고 인혜 씨가 인사할 때마다 할아버지가 똑같이 허리를 깊숙하게 숙였기 때문에 인혜 씨는 할아버지의 정수리를 애틋하게 여기게 되었다고 말했다. 손녀에게 이런 말을 하는 건 오해받기 딱 좋은 건가, 그러니 그래선 안 되나, 하고 인혜 씨는 자문했다.

그러나 나도 그게 뭔지 알았다. 그 감정의 모양새는 내가 성여민의 샐러맨더나 그 애의 꽉 쥔 주먹을, 결단력을 대하는 것과 비슷했다. 꼭 한 사람의 전부를 사랑할 필요는 없다. 어떠한 순간을, 어떠한 모습을, 어떠한 구석만을 경애할 수도 있는 것이다.

인혜 씨는 평소처럼 냄새나는 통로에서 청소 도구를 든 채 대기하다가 성여민을 깔아뭉개는 우리 아빠의 목소리를 들었고, 이어 면회실에 엎드려 있던 수향 씨를 발견했다고 한다. 그리고 어떤 일이 일어나고 있는지 빠르게 파악했다.

"수향 씨랑 무슨 이야길 했길래 그렇게 운 거예요?"

통로를 따라 이동하며 내가 재차 묻자 인혜 씨는 비밀로 하기로 약속했다며 입을 다물었다.

비가 끊이지 않는 세상에서 보송보송한 삶을 당연하게 여기며 살 수 있으려면 어디선가 더 많은 습기와 오수를 감당해야만 한다. 그리고 꾹 누르면 결국 터지는 물풍선은, 혹은 여기저기 쓸려 낡고 마모된 고무 호스는, 전조 증상 없이 어느 날 모두의 얼굴에 물벼락을 튀길 수밖에 없다.

인혜 씨는 직원용 화장실의 가장 커다란 칸에 놓인 변기 뒤쪽으로 얼굴을 집어넣더니 기다란 고무 호스를 그 뒤의 어딘가에 연결했다. 무언가 도울 게 없느냐고 물었더니 동그랗게 칭칭 감긴 호스를 바닥에 쓸리지 않도록 들어 달라고 했다. 호스는 아주 무거웠고, 마르지 않아 축축했다. 어느 순간 누비스를 꺼 놓고 있었기에 그 물기가 고스란히 느껴졌다. 이유는 모르겠다. 그냥 끄고 싶었다. 그래야 마음이 편할 것 같았다.

"이렇게 긴 호스 본 적 없을걸."

정말이었다.

"통로에서 냄새난다고, 물청소하라고 하도 지랄해서 어렵게 샀는데, 덕분에 오늘 아주 잘 쓰네."

인혜 씨는 화장실의 '관계자 외 출입금지' 문을 열었다. 통로로 향하는 문이었다. 깜짝 놀랐다. 통로의 천장은 내 어깨 높이 만큼도 오지 않았다. 사람을 머물게 할 용도로 지었다면 이렇게 만들어서는 안 됐다. 이렇게 낮아요? 내가 묻자 인혜 씨는 별거 아니라는 듯 말했다. 아마 한 몇십 년 더 지나면 키도 이렇게 작은 하층민이 생겨날 거라고 여겼나 보지. 더러운 비가 그렇게 만들어 줄 거라고 믿었을 거야. 아니면 직접 그렇게 만들거나.

"그렇게까지 사람들이 악할 수 있을까요?"

나는 물었다가, 성장 호르몬을 맞으러 다니는 친구들과, 돈 내고 일광욕을 하러 다니던 내 하루하루가 떠올라 입을 다시 꾹 다물었다. 일광욕 장치 안에서 꾸던 꿈을 생각했다.

나는 앞에서 호스를 낑낑대며 들고, 인혜 씨는 뒤에서 호스가 엉키지 않도록 정리해 주면서 한 걸음 한 걸음을 내딛었다. 호스는 정말 통로의 끝까지 도달할 만큼 길었다. 문틈으로 빛이 새어 들어왔다. 아빠의 목소리가 들렸다. 인혜 씨는 호스의 끝이 문틈에 닿게 했다.

"오수가 들어가면 다들 밖으로 나갈 수밖에 없을 거야. 냄새가 엄청 끝내줄 거거든."

"그럼……."

"네가 할 일은 여민이가 보통의 출입문 밖으로 나가지 않게 하는 거지."

인혜 씨가 말했다.

"여기로 나오게 만드는 거야."

나는 눈을 깜박였다. 어떤 방법이 있단 말인가?

인혜 씨가 물었다.

"부모님이 싫어하는 게 뭐야?"

✳

이게 무슨 냄새야? 엄마의 목소리가 들렸고, 곧이어 아빠가 여기서 물이 새어 나오는데! 하고 외쳤다. 여보, 가까이 가지 마. 엄마가 거의 비명을 지르다시피 했다. 물 색깔이 이상해. 저거 뭐야? 벌레야? 가까이 가지 마, 여보! 아빠의 목소리가 통로 쪽으로 조금 가까이 다가왔지만 엄마가 득달같이 제지했다. 여보, 건드리지 마, 사람 부르면 되잖아, 그러라고 있는 사람들이잖아! 곧이어 출입문을 열어젖히고 저기요! 하며 직원을 부르는 아빠의 목소리가 들렸다. 엄마와 아빠의 구두 소리가 연이어 멀어졌다.

나는 문을 열었다. 문과 내 발목이 호스를 건드리는 바람에 호스가 뱀처럼 움직이며 물을 사방으로 뱉어냈다. 순식간에 종아리까지 흠뻑 젖었다.

출입문 쪽은 열려 있었지만 아직 누가 들어오지는 않은 모양이었다. 성여민이 눈을 둥그렇게 뜨고 나를 바라보았다. 바보. 나는 그 짧은 시간 동안에도 생각했다. 저렇게 멀뚱멀뚱 쳐다보고만 있음 어떻게 해. 바보 같으니라고. 내가 챙겨 줘야지 뭐 어쩌겠나.

"야, 뭐 해!"

나는 행여나 밖에 들릴 새라 나직하지만 빠르게 속삭이며 손짓했다. 얼른 여기로 들어오라고. 내가 있는 곳으로.

성여민이 내 쪽으로 들어오고 나서 나는 호스를 들어 상담실

안쪽에 물을 더 뿌렸다. 청결에 목숨 거는 어른들이 들어올 엄두를 내지 못하도록. 그러고 나서 그 물을 밟아 상담실 밖으로 나간 것처럼 위장하는 발자국을 만들었다. 호스를 다시 문틈에 가까이 내려놓고는, 문을 닫았다.

"더러운 물이야."

성여민의 말에 나는 대답했다. 사람 몸에서 나온 거야.

우리는 발뒤꿈치를 들고서 빠르게 걸었다. 화장실로 돌아오자 기다리고 있던 인혜 씨가 빠르게 신발 밑창을 닦아 주었다. 마른 대걸레에 쓱쓱 밑창을 문대고는, 다시 나왔다.

발자국은 더는 남지 않았다. 인혜 씨는 호스를 빼지 않았다. 좀 더 시간을 벌어 주겠다는 것이었다.

"그 사람들, 절대 그 문 열지 않아. 나든 누구든 통협동 사람을 부르겠지, 아마도. 더럽고 지저분하고 냄새나는 것을 처리할 사람은 따로 존재하고, 그게 자기들은 아니라고 믿어 의심치 않으니까."

인혜 씨는 희미하게 웃더니 말을 이었다.

"나는 아직 교대 시간 되려면 조금 남았어. 통협동에서 보자."

인혜 씨의 주머니에서 징징 소리가 났다. 인혜 씨가 휴대폰을 꺼내 예, 예에, 어머 상담실이요? 어머 무슨 일이래, 하며 우리에게 한쪽 눈을 찡긋 감아 보였다.

성여민이 탑차에 안전히 올라 할아버지와 조우한 걸 확인하고
나서야 비로소 내 휴대폰에서도 진동이 울렸다. 나는 휴대폰을
움켜쥐고는 두 사람에게 말했다. 통협동에서 봐요. 반드시 거기로
갈 거예요.

"엄마랑 아빠한테 너무 상처 주진 말아라."

할아버지가 말했다. 할아버지다운 말이었다. 나는 고개를 끄덕
이고서는 시원스럽게 말했다. 당연하지, 할아버지. 내가 할아버지
같은 줄 알아?

내가 할아버지를 가장 닮았다는 사실을 아마 할아버지가 가장
모를 테니까 그렇게 장담해 줄 수 있었다. 할아버지는 내 손을 꽉
잡았다가 놓았다. 빗물 튄 종잇장처럼 얇고 얼룩진 손등 위에 핏
줄이 도드라졌다.

성여민이 시동을 걸었다.

28

똥 같았다. 모든 것이.

나는 할아버지에게 말했던 것과 달리 엄마와 아빠가 있는 사무실 쪽으로 돌아가지 않았다. 휘적휘적 센터 밖을 걸어 다녔다. 그 어느 물질로도 걸러지지 않은 빗소리의 한복판으로 뛰어들었다. 누비스는 여전히 꺼진 채였다.

상담실의 창문은 어느 쪽에 있을까? 사무실은? 면회실은? 눈을 거의 뜰 수 없을 정도의 폭우가 쏟아졌다. 온몸의 감각기가 이렇게까지 예민해진 것은 처음이었다. 따갑고, 춥고, 미끄럽고, 냄새 나고, 축축했다.

그리고 슬펐다.

슬픔은 감각이 아니던가?

"엄마!"

나는 외쳤다.

"엄마! 아빠!"

이름 석 자를 부르면 더 잘 알아챌까 싶어 단어를 바꾸었다.

"서주희! 박규명!"

입 속으로도 빗물이 들어왔다. 내일이면 배가 아플까 궁금했다. 다만 걱정은 되지 않았다.

어디선가 창문이 열렸다. 사무실인가? 상담실인가? 물이 잔뜩 고여 흐릿해진 시야의 초점을 맞추기 위해 무진 애를 썼다. 그런데…… 아니다, 저 멀리 보이는 사람은 깡마르고 머리가 짧았다. 검은색 머리칼이라고는 보이지 않았다.

"수향 씨."

그의 이름은 소리쳐 부를 수가 없었다. 멀리서 보이는 인영이 손을 흔들었다. 그러고는 그 손을 자신의 정수리 위에 한 뼘 정도 띄워 올렸다.

내게 우산을 씌워 주는 듯.

일광욕 장치에 들어가 작동음을 듣고 눈을 감은 채 편안하다 느꼈던 날들이 언제였는지 더는 기억이 나지 않았다. 이 모든 일을 겪고도 다시 아무 일 없었다는 듯 인공광을 쬐며 비싼 투자의 결과물로 받아들여지는 피부색을 위해 시간을 쓸 수 있을까? 이젠 그 빛을 쬘 때마다 나와 아무런 관계없는 누군가가 그 대가를 대신 치러야 한다는 걸 아는데.

더 소리를 지르자 안전 펜스가 설치된 창문에 몇몇 사람들의 얼굴이 더 생겨났다. 노인들이었다. 내가 비 맞는 꼴을 내려다보고 있었다. 누군가 입을 쩍 하고 벌렸다. 웃는 건지, 소리를 치는 건지 내가 있는 곳에서는 잘 보이지 않았다.

다른 얼굴들도 그 노인들 옆에 나타났다. 통협동 사람들이었다. 멀리서 보니 무늬는 잘 보이지 않았다. 불현듯 그 점이 안심되기도 했다. 아마 비를 내리는 저 위 구름 너머의 입장에서 보자면 사람들이 구별되지 않을 것이라는 점이.

안전 펜스가 없는 사무실의 창문이 마침내 열렸다. 엄마의 비명만큼은 귀에 잘 들어왔다.

*

아프지 않다고 몇 번을 말해도 엄마는 막무가내로 온갖 검사를 받게 만들었다. 정상, 정상, 정상. 매번 이상이 없다는 소견이 나왔으나 받아들이지 못했다. 조금이라도 쪽잠을 자면 온몸이 푹 젖어 귀신처럼 우두커니 서 있던 내 모습이 꿈에 나와 견딜 수 없다고 했다.

할아버지가 무용한 정의감에 집착해 견고한 행복을 무너뜨릴 거라는 공포증에 사로잡힌 채 평생의 절반을 살아야 했던 엄마는 아마 이제 나 때문에 똑같은 악몽을 꾸지 몰랐다. 그게 나는 조금 미안했다. 그러나 사람으로서의 도리나 양심이 지속적으로 무뎌진다면 그 삶이 행복하다 한들 무슨 소용일까.

그런 사람들이 하염없이 많아 넘실거리는 세상은 얼마나 고요하게 끔찍한가.

아빠가 성여민 앞에서 읊어댔던 대단하신 지위의 분들이 아빠에게 별로 관심이 없을 거란 사실은 내가 더 잘 알았다. 누비스에 다녔다 한들, 제아무리 능력을 인정받았다 한들 결국엔 일개 회사원이었다. 밖에서 자신들의 이름을 들먹이며 돌아다닌다면 그 어느 '높으신 분'이 좋아하겠는가? 불편해하지 않을까? 난 그저 그 의문점 하나만 물었을 뿐인데 그게 아빠에게는 절대 저질러선 안 되는 불효로, 정도를 넘어선 맹공으로 받아들여진 모양이었다. 내 뺨을 몇 번이고 때린 것을 보면.

나는 좋았다. 아빠의 손이 지나간 뺨에 성여민의 것과 비슷한 무늬가 생겼다. 곧 사라지겠지만, 무늬를 품어 본 경험이 있는 것과 그렇지 않은 것엔 아주 큰 차이가 있을 테니까.

*

할아버지의 부고를 들은 것은 그날로부터 겨우 2주가 흐른 뒤였다. 오수가 문틈으로 새어 들어 온 이후 사라진 성여민을 아빠가 통협동에서 찾아볼 생각을 하기도 전, 그 유산이란 걸 다시 찾아올 궁리를 해내기도 전, 유언장이란 걸 바꿀 뾰족한 방법을 찾아내기도 전. 그 누구도 임종을 볼 기회조차 가지지 못했다. 할아버지는 모두 잠든 밤에 홀로 면회실까지 내려가 그곳에서 약 한 병을 다 마시고 죽었다. 고통을 참지 못해 탁자를 긁고, 의자의 다리를 부수고, 자물쇠가 달린 냉장고를 파손해 그 안에 있는 물을 꺼내 마시려던 흔적 때문에 면회실은 쑥대밭이 되었다고 했다.

성여민이 계속 센터에서 일했다면 최초 발견자가 그 애가 되었을 터이지만 아빠와의 일이 있고 난 후 센터에서 그 애를 멋대로 해고했기 때문에 그런 일은 일어나지 않았다. 새로 고용한 도시락 담당자는 지각이 매우 잦았고 그날도 역시 지각을 했다. 그리하여 최초 발견자는 어느 면회객이 되었다. 무슨 방송국의 보도국장이라는 사람이었다. 그의 남편은 참혹한 현장을 보고 졸도했으나 그는 기민하게 현장을 살폈다. 할아버지의 여윈 행색을 살피고, 센터 직원의 표정을 훑던 그의 눈이 마침내 망자의 손 근처에 떨어진 병에 가 닿았다. 그는 재빠르게 병을 집어서 가방 안에 숨겼다. 특종이 될 만한 것을 번개같이 잡아채는 안목이 그에게는 있었다.

센터에서 전화가 온 날에 아빠는 엄마를 안아 주었다. 화장을 선택했고, 독성이 강한 약을 마신 탓에 얼굴이 온통 일그러져 흉하다는 장의사의 말에 엄마도 아빠도 할아버지의 얼굴을 보지 않고 바로 염하기로 했다. 장의사가 고개를 끄덕였다. 가신 분도 얼굴을 보이고 싶어 하시진 않을 겁니다. 그는 그렇게 말했다.

그러나 나는 나 혼자서라도 보게 해 달라고 요구했다.

오수향 씨.

나는 그에 대해 알고 있는 게 너무나도 없었다. 그는 자신에 대해 설명할 때도 언제나 할아버지라는 중간 지점을 거쳤으니까.

장의사는 시신의 옆에 우두커니 선 내게 말했다.

"내 말이 혹시 틀렸거나 동의하지 않으면 손을 들렴."

나는 차렷 자세를 하고 있었다.

"돌아가신 분이 네 할아버지가 아니라는 거, 내가 부모님께 알리지 않아야 하는 거지?"

차렷.

"센터에서 노인들을 학대해. 맞지?"

차렷.

"그리고 의뢰인들은 그걸 알면서도 묵인해. 그것도 맞지?"

차렷.

"센터에서 오는 고인을 볼 때마다 평온한 죽음이 아니었단 생각을 하면서도 아무 폭로 못 하는 아저씨가 역겨워. 맞니?"

나는 두 손을 들고 장의사를 바라보았다.

장의사는 가운의 주머니를 뒤지더니, 네모나게 접힌 종이를 꺼

내 내밀었다.

"할아버지가 아니라 할머니라는 걸 알았을 땐 아주 많은 생각을 했다만, 입고 계셨던 속옷 안쪽에서 이걸 발견했어. 그래서 보고를 하지 않았단다. 내가 이걸 건네주고 울어도 괜찮겠니?"

나는 다시 차렷 자세를 했다.

29

아주 오래전 누비스에서 훔쳐 왔던 병에 든 뭔가를 마셔 본다.

초창기 워터프루프 시스템에 이 약품을 썼지. 이 약이 물에 섞여 통협동으로 흘러 들어갔고.

나는 원래 금방 죽을 거였는데 생각보다 너무 오래 살았어.

그러니 슬퍼하지 말도록.

병실은 고요하고 내가 사각대며 펜을 놀리는 소리 말고는 아무것도 들리지 않는다.

아니다. 빗소리가 들리는구나. 지긋지긋한 그 소리가 여기서도 계속해서 나는구나.

통협동은 오늘 밤 안전할까?

너희 할아버지가 회사를 나가던 당시에 나는 용기를 내지 못했단다. 물론 가난했고, 나 외에는 집에 돈을 벌어다 줄 인력이 없었기에 애써 모르는 척했어. 나에게는 절박했으니까.

그러니 더 이상 세상의 그 어느 공간에서도 나를 찾지 않을 때가 되어서야 비로소 돌을 던져 보려는 나를 누군가 같잖게 보아도, 나에게는 변명할 이유가 없구나.

그래도 마음 편하게 가는 게 옳다고 본다. 그러니 나는 지금 이기적으로 행동하는 거야. 내가 후련한 마음으로 가기 위해서 많은 사람에게 죄를 짓는 거란다. 내 모습을 처음으로 발견할 누군가에게, 나를 끌어들인 것을 후회할 너에게, 아마 나란 사람을 평생 몰랐을 수도 있었을 여민이에게. 그리고 너희 할아버지에게.

종양이 있다나. 혜인이 네가 장이 아파서 왔지, 아마. 사실 난처음에 너보다는 당연히 너의 할아버지에게, 내가 기억하지만 나를 기억하지는 못하는 사람에게 더 관심을 두었으나 네가 어떻게 앓고 있는지 알고 나서, 그리고 몇 마디를 나눠 보고 나서 내 멋대로 너를 일종의 가족으로 생각하게 되었단다. 옛날이야기에 자주 나오는 둘로 나눈 거울 있지? 그 반쪽을 누군가에게 전해 주고 영겁의 시간을 외로이 보낸 노파에게 갑자기 똑같은 조각을 든 여자아이가 찾아온 느낌이었어. 그 애는 작은 조각으로밖에 자기 모습을 비춰 본 적이 없기에 머리끝부터 발끝까지의 자신을 속속들이 알지 못하지만 노파는 바로 알아채. 너무나 신기하게도 피를 나눈 적 없는 그 애가 자신을 똑 닮았다는 사실을 말이야. 그리고 노파는 자연스럽게 깨닫는단다. 그 애가 자신과 같은 삶을 살지 않게 해 줄 수 있는 사람은 오로지 자신이라는 것을.

물론 그것은 모든 걸 연결시켜 옛날이야기처럼 만들면서 본인이 주인공이고 싶은 노파의 착각이야. 그러나 이왕 얼마 있지 않아 죽을 거, 남아 고인 사랑을 퍼 주기에 가장 좋은 시기가 아니겠니? 보통 사랑을 주는 사람들은 대가를 원하지만 아파서 살날이 얼마 남지 않은 노파는 그 대가를 원하지 않아도 되는 축복을 안고 있지.

네가 병을 궁금해했으면 하는 노파의 마음이 너무 일그러져서 미안하다.

그뿐이야.

혜인아,

나는 라면 그릇에 머리를 박고 죽지 않아서 행복해. 그리고 그 기회를 줘서 고맙단다.

에필로그

할아버지의 장례식이 끝나고 오랜만에 학교에 갔더니 유진이가 있었다. 평소에는 학교에 오지도 않았으면서. 그 애는 계속해서 나를 집요하게 바라보았다. 책상에 고개를 묻어도, 화장실에 가려 문을 나서도, 나를 비웃고 비꼬는 애들에게 등을 돌린 채 치밀어 오르는 속의 것을 꾹꾹 누르고 있어도 그 애의 눈길은 내게서 떨어질 줄을 몰랐다. 나는 말하고 싶었다. 제발 그만 봐. 나도 내가 잘못한 것을 안다고. 너야말로 어이없겠지. 친하지도 않은 애가 너를 핑계로 삼았으니 화가 났겠지.

면회 사건이 있고 난 후 아빠는 유진이네 엄마의 연락처를 수소문해 전화했다. 엄마는 창피하다고, 도저히 못하겠다고 해서 아빠가 했다. 내가 했던 모든 말이 거짓이라는 사실을 확인받는 것은 그렇게 오래 걸리지 않았다. 엄마는 숨이 차오르는 듯 헐떡거

212

리더니 스스로에게 말했다.

"그래도 다행이지, 어디 가서 다른 엄마들에게 소문낼 인맥은 없어, 그 엄마가."

장례식이 끝난 후 나흘째 되는 날엔 비가 미친 듯이 많이 왔다. 등교할 때까지만 해도 그 정도는 아니었지만 하교할 때가 되니 겁이 날 정도로 빗방울을 실은 돌풍이 휘몰아쳤다. 10년 만의 기록적인 폭우라고 했다.

할아버지의 장례식 이후 한 번도 누비스를 켠 적이 없었다. 항상 우산을 들고 다녔다. 모두가 비웃다가 그마저도 지쳐 멈출 때까지. 그러나 그날의 비는 도저히 우산으로 막을 수 없는 수준이었다. 가방을 앞으로 메고서는 그 안에 넣은 손을 만지작거리기만 했다. 손에 닿은 우산 손잡이가 매끈했다. 애들이 나를 흘끔거리며 손목을 톡톡 두드리고는 빗속으로 걸어 들어갔다.

"야, 박혜인."

애들이 거의 다 빠졌을 때쯤 갑자기 뒤에서 누군가 나를 부르는 소리가 들렸다. 누구의 목소리인지 나는 알고 있었다. 돌아보지 않을 거야. 입술을 깨물고, 우산을 꺼내고서는 빠르게 펼쳤다. 앞으로 뛰어가려는데 옷깃이 가슴팍을 짓눌렀다. 뒤에서 교복 재킷을 잡아당긴 것이다.

"놔."

"네가 내 이름 팔아서 외박했다며?"

"미안."

"얼굴도 안 보고 미안하다고 그러냐?"

나는 고개를 돌렸다.

"미안하다."

정말로 미안했는데 왜 말은 퉁명스럽게 나가는지 몰랐다.

"미안하다고. 진짜 꼭 그래야만 하는 사정이 있었어, 네가 학교에 잘 안 오니까 안 걸릴 줄 알았고. 진짜, 어떻게, 무릎이라도 꿇어?"

그 커다란 눈동자 안에 내가 비쳤다. 겁먹은 채 강해 보이려 안간힘을 쓰는 내가. 나는 고개를 푹 수그렸다.

할아버지의 장례식 이후 무언가가 내 안에서 꺼져 버린 기분이었다.

할아버지를 구하기만 하면 모든 일이 다 해결될 줄 알았다. 뿌듯할 줄 알았다. 힘이 날 줄 알았다. 통협동의 일도 까발릴 수 있는, 어리지만 강한 위인이 될 수 있을 것만 같았다. 나와 할아버지, 그리고 성여민이 모든 걸 밝혀낸 후 수향 씨를 그 빌어먹을 센터에서 구해 오는 상상까지 했다. 관객들이 좋아하는 영화처럼 될 줄 알았다. 엄마가 예약한 정신과에 가서도 떠벌떠벌 말을 늘어놓았다—물론 할아버지를 탈출시켰다는 말은 할 수 없었지만 대신에 누비스를 상대로 얼마나 대단한 일들을 벌일지를 묘사했다는 것이다―. 그때 받은 진단은 조울증이었다.

할아버지의 장례를 치르고 수향 씨의 몸이 재가 되면서 모든 것이 사라졌다. 할아버지와 성여민이 빈소에 오지 못한다는 사실이 너무나 자명한데도 그 두 사람이 미웠다. 수향 씨의 마지막을 보지도 못한 사람들이 슬퍼하는 게 비겁하게만 느껴졌다. 나 혼자서 그 짐을, 그 비밀을, 그 죄를 모두 떠안았다고 생각했다. 하루에도 몇 번씩 미운 사람이 바뀌었다. 엄마, 아빠, 할아버지, 성여민.

수향 씨가 내게 직접 고맙다는 편지를 썼는데도 나는 그 정갈한 글씨가 하는 말을 믿을 수가 없었다. 매일 우산을 챙기는 나를 엄마는 기가 막힌다는 눈을 하고 쳐다보곤 했는데 나는 그거라도 하지 않으면 가슴이 뻥 하고 터져 버릴 것 같아서, 눈물을 비처럼 줄줄 흘리며 걷게 될 것 같아서 어쩔 수가 없었다.

"무슨 사정인데?"

네가 알아서 뭘 하게, 쏘아붙이려 고개를 들었는데 눈앞에 보인 얼굴이 내가 하고 싶었으나 하지 못했던 표정을 하고 있어서 그 말은 쏙 들어가 버렸다.

"야, 무슨 사정이냐고. 왜 우냐?"

내가 가지고 있는 감정을 누군가가 거울처럼 드러낼 때 어떤 기분이 드는지, 남의 표정을 살피지 않고 자기 할 말만 하는 사람은 절대로 알지 못할 것이다. 그때 나는 유진이를 보면서 문득 수향 씨가 했던 말을 생각했다. 수향 씨도 그랬다. 나를 조각난 거울을 들고 찾아온 누군가로 생각했다고.

수향 씨에게 묻고 싶어졌다.

수향 씨, 아무래도 세상에 거울이 너무 많은 것 같지 않아요?

무수히 달라붙은 빗방울 때문에 상이 제대로 보이지 않을 뿐이에요.

"나도 물어볼 거 있어서 잡은 거야. 시간 낭비하는 거 아니야."

뜬금없는 유진이의 말에 그래서? 하고 반응할 수밖에 없었다.

"네가 어떤 애랑 친한지 소문 들었어."

'어떤 애'라니. 나는 더 들을 필요가 없겠다 싶어 다시 등을 돌렸다. 그러자 유진이가 성큼성큼 걸어 다시 내 눈앞에 얼굴을 들이밀고 섰다.

"봐."

그러더니 목에 붙인 손바닥만 한 파스를 떼어냈다. 왜 목에 파스 붙이고 난리지? 몰라, 무명 연예인이어도 튀고 싶나 보지. 애들이 그 파스를 두고 낄낄대며 복도를 걷는 것을 나는 본 적이 있었다.

익숙한 샐러맨더가 그 아래 갇혀 있었다. 크기는 아주 작았다. 불씨를 품고 태어난 새끼 샐러맨더.

"비 엄청 많이 오던 날, 강 넘친 다리 밑에서 대사 한 줄 나오는 조연으로 영화 찍었는데."

유진이가 말했다. 목소리가 덜덜 떨렸다.

"처음으로 오디션 통과한 거라서, 너무 하고 싶어서, 다 젖어야 한다는 말에 누비스도 끄고 더러운 물에서 뒹굴었는데."

유진이가 예쁘긴 한데 그렇게 특별하진 않으니 연예인 할 정도는, 하고 쑥덕대던 애들도, 겁나게 예쁜데 자기들한테 눈길 한 번 안 주고 입 꾹 다물고 있어서 재수 없다고 말하던 애들도, 절대 모를 것이다. 유진이의 그 시간들을.

"그러고 나니까 이런 게 생겼어."

지금 통협동의 아이들은 배 속에서부터 질병을 타고났다고 했다. 후천적으로는 흉이 생기지 않는다고. 그러나 여기 마침내 반례가 생기고야 만 것이다.

"나보고 연기 그만두라잖아. 이거 때문에. 이거 치료 못하면, 흉터 남으면 연기 생활은 끝이라잖아."

그래서 학교에 온 거였구나.

"근데 너라면 알 거 아니야. 나 다 들었어. 너 나 같은……."

그 애의 목소리가 먹먹해졌다.

"나랑 같은 흉터 있는 애랑 친하다며."

유진이의 눈동자 안에 내가 있었다. 그 색깔이 성여민의 것과 거의 비슷했다. 조금 밝은 갈색. 홍채가 고스란히 보이는.

나는 그때, 어쩌면 내 삶 최초로, 다른 이들이 아무렇지 않게 버티고 서 있는 땅을 뒤집을 생각을 했다. 성여민의 샐러맨더와 유진이의 샐러맨더. 그 부드러운 몸, 긴 꼬리, 커다란 눈. 그렇게 유려한 무늬를 피부 위에 새길 수 있다면…….

옛날, 비가 매일같이 오지 않던 시대에는 흰 피부가 미의 기준이었던 적이 있다고 했다. 지금은 가난의 상징으로밖에 여겨지지 않는 허여멀건 얼굴이.

비가 내리지 않았다면 결코 그 기준은 바뀌지 않았겠지. 변하는 건 자연이고 기준을 세워 서로를 줄 세우는 것은 인간이다. 비는 계속 내릴 것이다. 무시무시하게 많이 내릴 것이다. 이 비는 이미 이전 세대의 방관에 대한 천벌로 받아들여지고 있다. 그러나 학교에서 배웠듯 정말로 책임이 많은 사람은 그 행위를 통해 이미 충분히 부유하기 때문에 벌을 받지 않을 것이다. 아마 누비스의 온갖 시스템을 이용하며 편한 삶을 살겠지. 그러면서 사람들은, 그리고 누비스는 또다시 잘못된 일을 저지르고 그로 인한 피해자들을 낳겠지. 더 큰 천벌이 찾아오고 사람을 평가하는 기준은 계속 바뀌는데, 결국 잘사는 사람은 계속 잘살겠지.

유진이 같은 아이들이 조금씩 생겨날 것이다. 서서히 침식되는 지반처럼. 그러고는 배척받을 것이다. 아주 유의미하게 잘살거나 권력이 있지 않다면 없는 존재로 묵인될 것이다. 아마 유진이는 몹시 비싼 성형 수술을 할지도 모른다. 덮어놓고는 다시 생겨날까 전전긍긍하며 살지도 모른다. 차별이 그렇게 만들 것이다.

언제까지 사람들은 모르는 척 버틸 수 있을까? 어른들은 이상하게도 자신만은 마지막까지 버림받지 않을 거라고, 최후의 순간까지 운이 좋을 거라고 여기는 듯 행동한다. 그렇지 않고서야 할 수 없는 일들을 매우 뻔뻔스럽게 해내곤 한다. 가끔 보면, 신이 자신만을 사랑한다고 믿는 듯 말이다.

나도 한때는 그러한 일련의 모습들에 크게 상처받지 않았다.

그러나 달라졌다.

나는 왜, 어떻게, 어느 시점부터 달라졌더라?

나는 특별한 사람이 아니다. 아마도 이게 할아버지와 나 사이의 가장 큰 차이점일지도 모른다.

특별한 사람이 아니라는 사실을 인정할 수 있느냐, 그렇지 않느냐.

할아버지는 당신이 특별―'특이'라고 말하는 것이 더 어울린다고 할아버지는 말할지도 모른다―한 사람이라고 생각했고 그럴 만한 근거가 있었다. 수향 씨가, 가족이, 실상 모두가 할아버지의 의견과 괴로움에 동조해 주지 않았으니까. 그러나 내게 이르러 마침내 달라진 것은 바로 그 동조하는 이들의 존재였다. 나는 그런 이가 존재할 수 있다는 걸 알았다. 그게 그 옛날, 젊고 괴로웠던 시절의 할아버지와 다른 점이었다.

그리고 이를 깨달은 나 역시 이미 존재하므로 지금 이 시점으로부터의 타인은 할아버지가, 수향 씨가, 혹은 내가 겪었던 갈등을 통과하지 않고도 더 많은 것을 볼 수 있으리라고 나는 확신했다. 그러므로 내가 할 수 있는 건 하나였다.

어쩌면 운명일지도 몰랐다.

배우인 친구라니.

"혹시 오늘 시간 돼?"

오늘의 일정을 모두 잊고 나는 유진이에게 손을 내밀었다. 유진이가 눈을 동그랗게 떴다. 그러더니 자기 손등을 보여 주었다. 손등에도 붉은 꼬리가 몇 개 보였다. 나는 그 손을 잡았다. 내 손 안에서 그 손이 흠칫 떨었지만 곧 잠잠해졌다.

"같이 갈 곳이 있어."

잠시 잊고 있었는데, 나는 영화감독이 되고 싶었다. 그리고 그 서사의 인트로는 어느 다정한 할머니의 유골함 앞이 될 터였다.

물의 향이 나는 곳.

그 앞에서 나는 성여민과 유진이, 그리고 가면을 쓴 채 시위 행렬의 맨 앞에 서는 것으로 유명해진 익명의 노인과 함께 유골함을 바라볼 것이었다.

작가의 말

서울에서 발생한 기록적인 폭우로 반지하 주택에 거주하던 시
민들이 여럿 사망했던 날, 방의 불을 모두 끈 채 이 이야기를 쓰
기 시작했습니다. 그때까지 저는 솔직히 말하자면 '기후 위기'라
는 네 글자 말에 크게 걱정하는 타입은 아니었습니다. 물론 심각
한 문제라는 것은 확실히 인지하고 있었지만, 지금 사람들의 코
앞에 놓여 있는 수많은 문제에 비해 약간은 먼 시기의 이야기라
고 착각했거든요. 그런데 그날 하수구가 범람하고 사람들이 죽는
걸 보며 제가 너무 안이했다는 충격을 받았습니다. 기후 위기라
는 문제가 벌써 내 근처 누군가의 목숨을 위태롭게 할 정도로 성
큼 다가왔다는 것을, 조금 뒤늦게 알게 된 것이죠.

물론 인류는 참 끈질기고 성실해서, 아마 쉽게 멸종되지는 않
을 것입니다. 그 어떤 기후 위기가 찾아와도 명맥을 유지할 방법

을 찾아낼 것 같아요. 마치 소설 속에서 누비스를 개발한 것처럼요. 하지만 그런 성공 사례가 역사에 기록되기 이전에 이미 세상에서 사라진 수많은 목숨, 혹은 지독히 괴로워야 했던 개개인의 나날은 슬프게도 기억되거나 호명되는 일이 드뭅니다.

폭우가 내리던 시기, 저는 몇 달 후 이사할 집을 알아보기 시작하던 참이었는데, 경제적으로 사정이 썩 좋지 않고 서울의 집값은 너무 비싸서 반지하 주택을 염두에 두고 있던 상황이었습니다. 저 일이 내 일이 될 수도 있었다는 자각과 함께, 기후 위기를 늦추려는 모든 시도의 효과가 빠른 시일 내에 가시화되지는 않을 거라는 사실이 저를 더욱 슬프게 했지요.

이 소설을 쓰며 가장 중점을 두었던 게 바로 그 부분입니다. 겉으로 보기에 혜인이는 기후 위기에 큰 영향을 받지 않는(오히려 이득을 얻고 있는지도 모르죠) 중산층 가정의 아이입니다. 그러나 할아버지의 존재를 숨기고 있어요. 남의 이야기가 아닌 것이죠. 또한 소설의 마지막 부분에서, 문제는 하나도 해결되지 않았습니다. 비는 그치지 않고 부모님도 여전하며 아마 혜인이는 지금보다 더욱 힘든 나날을 보낼 가능성이 높아요. 개선된 것은 하나도 없습니다. 현실이 보통 그렇지요. 개인은 무척 작고 약한 존재고요.

그러나 더 이상 침묵하는 혜인이를 상상할 수 없다는 데서 희망을 보아야 합니다. 이상한 걸 이상하다고 말할 수 있는 사람, 그리고 아무런 대책이 보이지 않더라도 내 마음이 움직이는 쪽으로 어떻게든 걸음을 옮겨 보는 사람. 혜인이는 그런 사람이고, 그렇기에 남들처럼 못 본 척, 모르는 척했다면 더욱 힘들었을 거예요. 불편하지만 필요한 이야기를 하는 사람의 곁에는 애석하게도 친구가 많지 않은 경우가 많죠. 그러나(혹은, 그러니) 이 책을 읽는 분들이 대신 혜인이의 친구가 되어 주면 좋겠습니다.

'라면 그릇에 머리를 박고 죽는다'는 수향 씨의 표현은 임철우 작가님의 단편소설 「세상의 모든 저녁」(『연대기, 괴물』, 문학과지성사, 2017)에서 영향을 받았습니다. 과거 옹기장이었던 독거 노인에 대한 소설인데, 조금 어렵지만 찾아 읽어 보셔도 좋을 것 같아요. 다양한 이웃의 사정을 우리는 더 많이 알아야 하고, 또 더 많이 생각해 보아야 하니까요. 서로를 멀리하지 않고 궁금해하던 혜인이와 여민이처럼 말입니다.

여름 날씨가 갑자기 찾아온 봄날에,
설재인

범람주의보

© 설재인, 2023

초판 1쇄 발행일 | 2023년 7월 5일
초판 2쇄 발행일 | 2023년 11월 6일

지은이 | 설재인
펴낸이 | 정은영
편 집 | 이태은 최찬미 방지민
디자인 | 이도이
마케팅 | 이언영 연병선 한정우 최문실 윤선애
제 작 | 홍동근

펴낸곳 | (주)자음과모음
출판등록 | 2001년 11월 28일 제2001-000259호
주 소 | 10881 경기도 파주시 회동길 325-20
전 화 | 편집부 (02)324-2347, 경영지원부 (02)325-6047
팩 스 | 편집부 (02)324-2348, 경영지원부 (02)2648-1311
이메일 | jamoteen@jamobook.com
블로그 | blog.naver.com/jamogenius

ISBN 978-89-544-4919-9 (43810)